एक हाथ की ताली

(कविता संग्रह)

'डॉ. धर्मवीर भारती राष्ट्रीय सारस्वत पुरस्कार-1998'
से सम्मानित कृति

वाणी प्रकाशन

नयी दिल्ली-110002

फोन : 3273167, 3275710 ● फैक्स : 3275710

e-mail : vani_prakashan@yahoo.com

vani_prakashan@mantraonline.com

एक हाथ की ताली

सूर्यभानु गुप्त

ISBN 81-7055-569-8

वाणी प्रकाशन
21-ए, दरियागंज, नयी दिल्ली-110002
द्वारा प्रकाशित

प्रथम संस्करण : 1997
द्वितीय संस्करण : 1998
तृतीय संस्करण : 1999
चतुर्थ संस्करण : 2002

मूल्य : 45/-

सुधा आफसेट प्रेस, दिल्ली-110092
में मुद्रित
आवरण : दिनेश दलाल
रेखाचित्र : संतोष जड़िया

EK HATH KI TALEE
(Poetry collection)
by Surya Bhanu Gupt

अम्माँ - बप्पा को !

दो बातें

यह काव्य-संकलन आपके हाथों में 1990-91 तक ज़रूर पहुँच जाता, मगर ऐसा नहीं हुआ, क्यों और किस वजह से नहीं हुआ, इसका ज़िक्र अब ग़ैरज़रूरी और बेमानी है। हाँ, इस अनुभव ने मेरी समझ में यह इज़ाफ़ा ज़रूर किया कि सही अर्थों में पाण्डुलिपि वही होती है जिसका रंग वर्षों की धूल खाते-खाते सचमुच में पाण्डु पड़ चुका हो। ख़ैर !

संस्कृत के सिद्ध कवि भवभूति ने कविता को आत्मा की कला माना है और यह अप्रतिम कला आज के सन्दर्भ में चाहे गीत-रूप में हो, ग़ज़ल या दोहे के रूप में अथवा महाकाव्य या फिर मुक्तछन्द के रूप में, ये सारे काव्य-प्रकार आत्मा के ही विरल आविष्कार हैं, इसीलिए मेरे सर्वप्रथम संकलन में ये सारी आत्म-कलाएँ बानगी के तौर पर मिले-जुले रूप में एक साथ प्रस्तुत हो रही हैं। आशा है, आपको यह प्रयास ज़रूर पसन्द आएगा। हाँ, कुछ समय बाद यदि सम्भव हुआ तो, पिछले चार दशकों के बीच फैली विभिन्न काव्य-विधाओं की मेरी चुनिंदा रचनाएँ स्वतन्त्र रूप से, अलग-अलग संकलनों की शक्ल में, शायद आपके सामने आएँ।

आपसे विदा लूँ इससे पहले, मैं सच्चे हृदय से अपनी कृतज्ञता व्यक्त करता हूँ आदरणीय भारतीजी (डॉ. धर्मवीर भारती) के प्रति, जिन्होंने अपने अविस्मरणीय सम्पादन-काल में, मुझ जैसे अल्पज्ञात कवि को 'धर्मयुग' के माध्यम से राष्ट्रीय स्तर पर हिन्दी कविता के प्रेमी पाठकों के बीच न केवल सुपरिचित बनाया, बल्कि अपनी सुदीर्घ अस्वस्थता के बावजूद मेरे लिए आशीषस्वरूप 'भूमिका के बजाय' के रूप में अपनी विरल उपस्थिति से मेरे इस काव्य-संकलन को गौरवान्वित भी किया।

डोगरी की प्रख्यात कवयित्री पद्‌माजी (श्रीमती पद्‌मा सचदेव) का भी मैं कम अभारी नहीं हूँ जिन्होंने न सिर्फ़ मुझसे इस संकलन की पाण्डुलिपि तैयार

करवा कर ही दम लिया बल्कि, इसके प्रकाशन के लिए भी लगातार प्रयत्नशील रहीं।

मैं वाणी प्रकाशन के श्री अरुण माहेश्वरी का हार्दिक कृतज्ञ हूँ, जिनकी आत्मीय पहल के बिना 'एक हाथ की ताली' का बजना शायद ही इतनी जल्द सम्भव हो पाता

जल्द ही फिर मिलने की कामना के साथ—

मकर संक्रान्ति
14 जनवरी, 1997
मुंबई

—सूर्यभानु गुप्त

भूमिका के बजाय

उस परदेशी क़स्बे का नाम था शायद गारमिश। पश्चिम जर्मनी के बावेरियन आल्पस्। चढ़ते दिसम्बर का मौसम। सैकड़ों मील बर्फ़-ढ़ँकी सड़कों पर से गुज़रते हुए जहाँ पहुँचे हैं, वहाँ भी चारों ओर सिर्फ़ बर्फ़ है, सिर्फ़ बर्फ़। पहाड़ों की चोटियों से नीचे घाटियों की तलहटी तक, न पत्ती, न पखेरू, न आदमी, न आदमज़ात। बस धूप में चमकती सफ़ेद डरावनी बर्फ़ और एक दहला देनेवाला बर्फ़ानी सन्नाटा। हीटर लगी मोटरगाड़ी से उतरकर पहुँचा हूँ एक सुनसान पहाड़ी रेस्तरां में। अन्दर गैस से गरमाया हुआ माहौल, चन्द पर्यटकों की हँसती-बोलती भीड़, ज़मीन पर बिछे मोटे क़ालीन पर बड़े-बड़े रंग-बिरंगे ऊनी फूल, दीवारों पर भी वैसे ही क़ालीन टँगे हुए जिन पर कहीं अंगूर के गुच्छे लटक रहे हैं कढ़ी हुई लतरों से, कहीं पीले फूलों की बेल बुनी है रेशमी डोरों से, मेज़ों पर बड़े-बड़े गुलदस्तों में असली को मात करनेवाले नक़ली रंग-बिरंगे ख़ुशनुमा फूल, सूरजमुखी के, डाहलिया के, क्राइसेन्थमम के, हान्नी हाक्स के।

इस रेस्तरां की विशेषता यह है कि यहाँ ताज़ा 'मिनरल वाटर' ही पीने को मिलता है, उसी पानी में सब्ज़ियाँ उबाली जाती हैं, ऊपर पहाड़ों की ढलानों पर बारहमास बहनेवाले प्राकृतिक सोते हैं जिनसे ताज़ा पानी मिलता है, ऐसा पानी जिसमें जाने कितने ही खनिज और कितनी ही पहाड़ी जड़ी-बूटियों का रस अपने-आप बसा हुआ होता है। कितने लोग तो सैकड़ो मील मोटर दौड़ा कर सिर्फ़ इस पानी को पीने के लिए ही आते हैं, बोतलों में भरकर ले जाते हैं।

सैलानी के मन का कोई ठिकाना थोड़े ही होता है। एक प्याला गरमागरम कॉफ़ी पी कर निकल पड़ा हूँ बाहर, हरेक की सलाह की अवहेलना कर। कान, गला, हाथ, ऊनी कनटोप, मफ़लर और दस्तानों से ढँक कर, बाहर बर्फ़ में टहलने। इच्छा है कि किसी पहाड़ी सोते को अपनी आँखों से देखूँ। पर मिलेंगे

क्या इस बर्फ़ की मोटी सैकड़ों मील फैली चादर में ?

पाँव सुन्न पड़ रहे हैं, अँगुलियाँ ऐंठी जा रही हैं, सिर्फ़ अपनी साँस के और कोई आवाज़ नहीं सुनाई पड़ती ··· मगर जिन खोजाँ तिन पाइयाँ ! वह थोड़ी दूर पर बर्फ़ की रुपहली परत को भेद कर कैसी स्वच्छ पानी की पतली धार निकल रही है और लो, देखते ही देखते थोड़ी ही दूर जा कर वह भी जम कर बर्फ़ हो गई है। और आगे बढ़ता हूँ। हाँ, यहाँ देखो पानी की पतली धारा ने बर्फ़ को काट दिया है, नीचे के पत्थरों की झलक भी चमक रही है। वह, वहाँ एक और बड़ा सोता है। चारों ओर से बर्फ़ कट गई है और एक नुकीली ग्रेनाइट की-सी चट्टान का सिरा दीख रहा है। पर चट्टान के नीचे वह क्या है ? किसी पर्यटक सुन्दरी का बुन्दा गिर गया है क्या ? साँस उखड़ रही है, पर हाँफते-हाँफते चढ़ता हूँ, झुक कर पास से देखता हूँ। चमत्कार ! दो पत्थरों के बीच से एक लम्बा पत्ता तना हुआ खड़ा है और उस पत्ते की जड़ में मुस्करा रहा है एक चमकदार नीला फूल ! मैं स्तब्ध हूँ, सैकड़ो मील फैली इस करोड़ो टन बर्फ़ की पथरीली हत्यारी मुर्दनी को चुनौती देता हुआ एक नीला फूल ! अन्दर से कहीं कुछ होने लगता है मुझमें ! नहीं, कुछ है जो हारता नहीं, मरता नहीं, धरती की परत में बीज बन कर छुपा रहता है, बर्फ़ानी मौत को चीर कर जाग उठता है, खिल उठता है, फूलों की आवाज़ में बर्फ़ानी सन्नाटे को तोड़ कर चहक उठता है ! एक छोटा निरीह, अनजाना, अनाम फूल !

आप जानते हैं कि बजाय कविता की बात करने के आपको मैं गारमिश की सैर कराने क्यों ले गया ? इसलिए कि सूर्यभान की कविताएँ पढ़ते-पढ़ते मुझे अनेक बार यही अहसास हुआ है जो उस बर्फ़ानी वीराने में उस नन्हे से फूल को देख कर हुआ। एक अकस्मात् मिला सुख, एक अप्रत्याशित आस्था जीवन में, रसमयता में, कविता में !

मैं समीक्षक नहीं हूँ, आचार्य भी नहीं हूँ, केवल एक रसग्राही पाठक हूँ कविता का और हिन्दी कविता का पिछले बीस वर्षों में जो हाल हुआ है वह क्या हिमयुग में लौट जाने वाला हाल नहीं है ? और कैसी-कैसी भयानक हिमशिलाएँ हैं ? छठे दशक की कविता, साठोत्तरी कविता, सत्तरोत्तरी कविता, अकविता, विचार कविता, जनवादी कविता, संसद-छाप कविता, सड़क-छाप कविता, ज्ञेय कविता, अज्ञेय कविता, रघुवीर सहाय कविता, असहाय कविता, अफ़सरवादी कविता, अवसरवादी कविता; कोई अन्त है क्या इस भूलभुलैया का? मगर इस तिलिस्मी चक्रव्यूह में आप कविता ढूँढ़ने चलिए, ऐसी कविता जो सिर्फ़ कविता हो, सीधी-सादी, बिना लेबल और ट्रेडमार्क के, बिना बैसाखियों के सिर्फ़

अपनी आन्तरिक ऊर्जा से खिल उठने वाली, सीधी-सादी मिट्टी की गन्ध वाली स्वाभाविक कविता, तो आप मुश्किल में पड़ जाएँगे। वैसी कविता का चलन अब कहाँ रहा ?

लेकिन, सूर्यभानु की अच्छी कविताओं की यही विशेषता है कि वे किसी विशेषता का ठप्पा लगा कर शोरूम में नहीं सजतीं! न यह वाद, न वह वाद, न यह गुरू, न वह आचार्य, न साठ, न सत्तर, न अस्सी ! कविता ! केवल कविता जैसी वह होनी चाहिए सीधी-सादी, एक तेवर से अपनी बात कहती हुई पाठक के मन में उतर जानेवाली। कभी उक्ति वैचित्र्य से जगमगा उठनेवाली। कभी गुदगुदाने वाली, कभी अनाम यादों को जगा कर उदास कर जाने वाली, कभी पहली बरसात में मिट्टी से उठने वाली सोंधी गन्ध का सुख दे जाने वाली !

लेकिन फिर उतनी बहुत अच्छी त्रिपदियों, बहुत प्यारे दोहों या तराशी हुई ग़ज़लों में कभी-कभी ऐसी कमज़ोर पंक्तियाँ या ऐसे कमज़ोर मिसरे क्यों आ जाते हैं जो किरकिरा देते हैं, थोड़ी झल्लाहट भी छोड़ जाते हैं। ऐसा बहुत कम होता है उनकी कविताओं में लेकिन, कभी-कभी होता है। क्यों ?

मुझे एक कारण लगा है। ऊपर से बहुत आसान लगनेवाले इस लेखन में असल में सूर्यभानु एक बड़ी कठिन ज़मीन से गुज़रते हैं। बात उन्हें नयी से नयी अनुभूति की कहनी है, नये से नये तेवर में कहनी है, पर उसके लिए उन्होंने जो फार्म अपनाए हैं, वे हैं छन्दों और तुकों वाले—त्रिपदियाँ, चतुष्पदियाँ, दोहे, हाइकू, गीत, ग़ज़ल ! और इन काव्य-रूपों में उनके उपकरण भी चिरपरिचित हैं, बिम्ब-विधान, उपमाएँ, और उक्ति वैचित्र्य ! बिहारी के दोहों से लेकर उर्दू की ग़ज़लों में व्यवहृत होनेवाले उपकरण ! इतने पुराने उपकरणों को लेकर इतनी नयी बातें कहना और पाठक को मुग्ध कर लेना सचमुच बड़ी उपलब्धि है, लेकिन कभी-कभी एक फिसलन का मोड़ भी आता है, जब कवि स्वयं इन उपकरणों की चमक-दमक से मोहित होने लगे। उम्र के पहले उफ़ान में इस प्रकार का आत्म-सम्मोहन दर गुज़र किया जा सकता है, पर धीरे-धीरे इसके साथ सृजनात्मक धरातल पर गहरा आन्तरिक आत्मानुशासन भी विकसित करना ही होगा जो उनकी कविता के ताने-बाने में इन कमज़ोर धागों को ख़ुद-ब-ख़ुद निकाल फेंके और बुनावट में कहीं ढीलापन न आने दे।

एक बात और, फागुन-जेठ-सावन यानी बदलती ऋतुओं के रंग, गाँव के घर और पेड़-पौधों का नास्टैल्जिया, रूमानियत और वर्तमान राजनीतिक मूल्यों के दोहरेपन का संकट—इनमें कुछ और गहरे जाने की ज़रूरत होगी अब, इनके पीछे के गहरे अर्थ खोजने की ! साथ ही अपनी अनुभूतियों और काव्य-वस्तु

के संसार को ज़्यादा व्यापक बनाने की। ये दोनों क्षमताएँ उनमें बीज-रूप में विद्यमान हैं इसका सबसे बड़ा प्रमाण है उनकी 'सूर्यास्त' कविता जो मुझे उनकी अब तक की लिखी कविताओं में सबसे सशक्त लगी है—एक महानगर की लोकल ट्रेन से, स्टेशन से फूटती हुई अथाह भीड़, भीड़ में अनगिनत चेहरे, हर चेहरे के पीछे एक पूरी ज़िन्दगी की पीड़ा—

चेहरे ख़त्म हो चुके मेले,
चेहरे फटे हुए गुब्बारे।
चेहरे ठण्डे पड़े क़हक़हे,
चेहरे बुझे हुए अंगारे।

चेहरे खुली जेल के क़ैदी,
चेहरे चूर-चूर आईने।
चेहरे चलती-फिरती लाशें,
चेहरे अस्पताल के ज़ीने।

लेकिन बात चेहरों के इस अन्धकारवाही सूर्यास्त पर ही ख़त्म नहीं होती—सूर्यभानु के ही शब्दों में—

जाल शाम ने फिर फैलाया और इक चेहरा याद आया।
दुनिया का चेहरा धुँधलाया और इक चेहरा याद आया।

और वह चेहरा है उस छोटे से नीले फूल का, बर्फ़ानी अन्धेरे को चुनौती देता हुआ नीला फूल—खुशनुमा भी, रूमानी भी, नाज़ुक भी, पर बेहद बहादुर और आस्थावान भी ! किसी भी काल में, किसी भी भाषा में अच्छी, सच्ची, खरी कविता का वही चेहरा होता है।

वादों, विवादों और प्रवादों के बीच से गुज़रते हुए भी सूर्यभानु के ज़ेहन में कविता का वह चेहरा हमेशा तरो-ताज़ा बना रहे, इसी शुभकामना के साथ—

1 मार्च 1989

धर्मवीर भारती

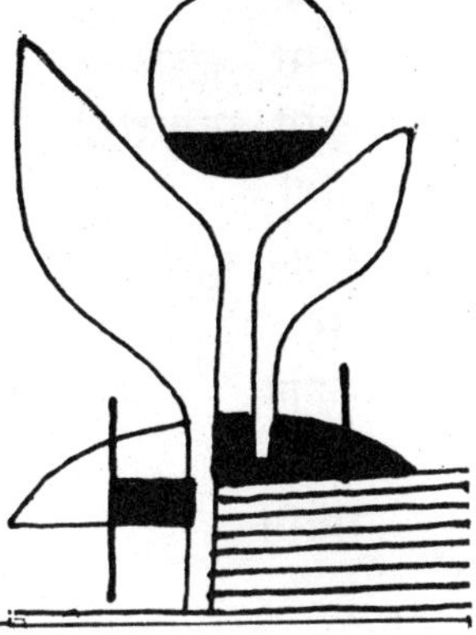

क्रम

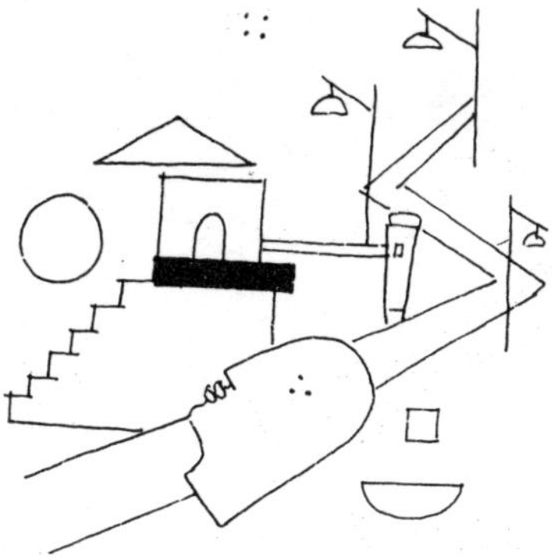

गीत

घर का घाट नहीं,
मरने को खाट नहीं,
सड़क को चुनो !

सुनो,
रात मत बुनो !

अर्थ सभी के छूट रहे हैं

अर्थ सभी के छूट रहे हैं,
अर्थातीत
परिस्थितियाँ हैं !

सबके हाथों में गुब्बारे,
गुब्बारों में टाइमबम हैं।
हर पल के पश्चात् धमाका,
हर घर के मलबे में हम हैं।

समय किसी के पास नहीं है,
समयातीत
सभी तिथियाँ हैं !
अर्थ सभी के छूट रहे हैं.......

देहें लिपटी हुई पतंगें,
बिजली के नंगे तारों पर।
गिद्ध अँधेरा भरे चोंच में,
उतर रहे हैं अख़बारों पर।

शब्दों के पुल टूट रहे हैं,
शब्दातीत
मनःस्थितियाँ हैं!
अर्थ सभी के छूट रहे हैं......

आदमी हुआ कितनी चीज़ों का संकलन

आते ही बिगड़ गया घर में टेलीविज़न,
धमकी, संत्रास, व्यवस्था, चाक़ू, टेंशन,
आदमी हुआ
कितनी चीज़ों का संकलन !

वादे रंगीन हुए, फ़िल्मों के सीन हुए,
गलियों-चौराहों की जैसे रूटीन हुए,
राम-लखन-सीता,
जंगल, सोने का हिरन !
आदमी हुआ ......

दहशत के कठघरे, साज़िश के कैमरे,
बच्चे ख़रगोशों के नीले-पीले-हरे,
सत्य, अहिंसा, लाठी,
गोली, हत्या, दमन !
आदमी हुआ ......

नक़ली थे पोस्टर, धोखा खाई नज़र,
ख़ून बेचिए अपना खाने के लिए ज़हर,
टी. वी. की ख़बर, चित्र,
नगरपालिका, कफ़न !
आदमी हुआ ......

मुखिया जी क्या करें ?

पगड़ी के पेंच गले के फन्दे,
मुखिया जी क्या करें ?
जोंकों-से गली-गाँव के झण्डे,
मुखिया जी क्या करें ?

खेत बह गए मूँछों के पीछे,
तपिगा गुरिया-गहन।
पुरखों की देहरी तक रेहन हुई,
आधा रहिगा बदन।
राख उड़े हों जो चइला ठण्डे,
मुखिया जी क्या करें ?

बेटा फँस गया फौजदारी में,
पुतऊ के चढ़े दिन।
बूढ़ा की आँख मोतिया फूला,
साढ़े साती कठिन।
रोज़ कचहरी-पेशी में अन्धे,
मुखिया जी क्या करें ?

घर में बिटिया जवान बैठाए,
नाँव धरै गाँव भर।
बैरी बस ताके ऊँचा-नीचा,
परै कहूँ पाँव भर,
घुटनों की ओर आ चले कन्धे,
मुखिया जी क्या करें ?

तलवारें खुलीं......

सर फूटे, घर टूटे,
मन धुनिये की रुई।
तलवारें खुलीं जहाँ काम आनी थी सुई !

खण्डहर हो गए गाँव,
भूतों का वास हुआ।
अम्माँ-बप्पा-भइया,
हर नाता घास हुआ।
घास बढ़ी यूँ, गर्दन ऊँटों की जा छुई।
तलवारें खुलीं ......

लोना हर ईंट लगा,
घर-घर दीवारों पर।
चूल्हों के संग तवे,
आ टँगे दुआरों पर।
घोड़ों की नालें हैं कोसों तक छुईमुई।
तलवारें खुलीं ......

घुन लगी हुई नस्लें,
अर्थियाँ उठाए हैं।
आसमान चीलों के
नाम पर लिखाये हैं।
आग महाभारत की रामायण राख हुई।
तलवारें खुलीं ......

जिस मकान में मैं हूँ

मुँह उतर-से जाते हैं,
बदलियाँ जो घिरती हैं।
जिस मकान में मैं हूँ,
उस मकान की साहब, सब छतें टपकती हैं!

बूँद-बूँद पानी को सूँघते हुए चेहरे,
जागते हुए काँधे, ऊँघते हुए चेहरे,

चीज़-वस्तुएँ घर में बत्तखों-सी फिरती हैं।
जिस मकान में मैं हूँ……

लोग छतरियाँ खोले दिन गुजार लेते हैं,
जन्म-पत्रियाँ ओढ़े उम्र काट देते हैं,

भीगती हुई सोचें धूप को तरसती हैं।
जिस मकान में मैं हूँ……

रंग इन्द्रधनुषों के इस क़दर रुलाते हैं,
शहर आस्तीनों के डूब-डूब जाते हैं,

एक-एक कमरे को बारिशें पहनती हैं।
जिस मकान में मैं हूँ……

किसने सोचा था……

सह लेंगे जाड़ा जैसा होगा,
किसने सोचा था,
   ऐसा होगा !

बर्फ़ गिरेगी औ' इतनी कस के,
सूरज भी रह जाएगा फँस के,
हर रस्ता खोटा पैसा होगा !
किसने सोचा था,
   ऐसा होगा ……

कोहरा यूँ चीज़ों को ओढ़ेगा,
घर में बेघर कर के छोड़ेगा,
हर चेहरा जाने कैसा होगा !
किसने सोचा था,
   ऐसा होगा ……

मौसम इस तेज़ी से बदलेगा,
लोगों से सम्हले ना सम्हलेगा,
माघ-पौष अरना भैंसा होगा !
किसने सोचा था,
   ऐसा होगा ……

कामना मेरी कुतरती......

बेर, इमली, कैरियाँ, सबसे गुज़रती-सी,
कामना मेरी कुतरती वो गिलहरी-सी।

एक वासन्ती छुवन हर पोर में महकी,
रंग जीवन के भरे हर बात में उसकी,
चुप रहे, फिर भी लगे वो बात करती-सी।
कामना मेरी कुतरती ......

फगुनहट कसती हुई हर तार को मन के,
उम्र भर को बाँध लो रिश्ते हरेपन के!
सोचती कुछ, फूल पर बैठी वो तितली-सी।
कामना मेरी कुतरती ......

खुल गई इक नाव जैसे समय के जल में,
एक हलचल-सी मची है हर नये पल में,
हर लहर-संग एक उत्सव में उतरती-सी।
कामना मेरी कुतरती ......

कार्यक्रम बौरा गए दिन-रात के सारे,
आईने चेहरा गए दिन-रात के सारे,
आँख खोले नींद में लगती वो चलती-सी।
कामना मेरी कुतरती ......

इक अँगूठी से गुज़रता थान मलमल का,
ख़ुद की कस्तूरी से पागल, हिरन जंगल का,
यूँ खुली चुपके से उसमें एक खिड़की-सी।
कामना मेरी कुतरती ......

इक सुराही से नदी होते हुए चुप है,
एक लम्हे से सदी होते हुए चुप है
दूर तक, हर शब्द के बाहर वो ठहरी-सी।
कामना मेरी कुतरती ......

पेड़ अब भी आदिवासी हैं !

हो गईं सदियाँ मगर फिर भी,
है अजूबा, पेड़ अब भी आदिवासी हैं !

पत्तियाँ अब तक पहनते हैं,
मूड हो, नंगे भी रहते हैं,

पेड़ ख़ालिस पेड़ हैं अब भी,
पेड़ मुल्ला हैं, न पण्डित हैं, न पासी हैं !
पेड़ अब भी आदिवासी हैं ······

जंगलों में या नगर में हों,
दूर घर से या कि घर में हों,

हैं जड़ें हर वक़्त धरती में,
इस सदी के होश आने की दवा-सी हैं !
पेड़ अब भी आदिवासी हैं······

साफ़ दिल यूँ, सोचते हैं जो,
फूल-पत्ते बोलते हैं वो,

छोड़ते हैं ओढ़ कर ऋतुएँ,
आत्मा के अमर रहने की कथा-सी हैं !
पेड़ अब भी आदिवासी हैं ······

घुट रहा है ज़िन्दगी का दम,
पेड़ इतने हो गये हैं कम,

खो चुकीं अपना हरापन जो,
उन अभागी ज़र्द नस्लों की उदासी हैं !
पेड़ अब भी आदिवासी हैं......

कवि-से कवि बहुत हैं!

गेंदों-से उछल रहे नामों के शोर में,
भाषा की सुबहों के, शामों के शोर में,
कवि-से कवि बहुत हैं!

सड़क आम है बेहद,
चलना आसान है!
अश्वत्थामा जैसी,
मुश्किल पहचान है।

पीतल के हिरन सभी, कंचन-छवि बहुत हैं!
कवि-से कवि बहुत हैं......

ज़ाती दुख-दर्दों से,
जनवादी मंचों तक।
अभिनेता छाये हैं,
प्रेम से तमंचों तक।

रात उत्तरी ध्रुव की, रवि-से रवि बहुत हैं!
कवि-से कवि बहुत हैं ......

रात मत बुनो !

सुनो,
रात मत बुनो !

कागज़ के बाहर,
दिन फैला शहर भर,
रुई-सा धुनो !

सुनो,
रात मत बुनो ……

घर का घाट नहीं,
मरने को खाट नहीं
सड़क को चुनो !

सुनो,
रात मत बुनो ……

अन्तराल-1

हवा पढ़ना नहीं जानती
और आसमान को
कविता की भला क्या तमीज़ है !
पौधे की भाषा
समझ सकती है सिर्फ़ मिट्टी,
कविता,
हवा और आसमान नहीं,
धरती की चीज है !

बत्तीसी

नन्हे पोते ने
बूढ़े से पूछा :
दादा जी, दादा जी !
क्या आप अखरोट खा सकते हैं ?
जवाब में बूढ़े ने फ़ौरन
सदरी की जेब से
बत्तीसी निकाल कर
अपने पोपले मुँह में जमाई
और
हँसने लगा।
उसके दाँत नकली थे
मगर हँसी
बिल्कुल असली थी।

बड़े काम की चीज़ होती है बत्तीसी
जो पत्थर-से बेजान शब्दों को
धड़कती हुई, जानदार चीज़ों से जोड़ती है।
दोस्तो !
कविता,
अपने नक़ली दाँतों से
हँसती भी है
और
बड़े-बड़े अखरोट भी तोड़ती है !

पाठक से भेंट

हवा में उड़ाई मैंने
पतंग पर लिखकर एक कविता
और
जमा दिया रंग !
बड़ी देर तक उड़ती रही कविता
आसमान में !
मज़े से एक चिड़िया की तरह
घूमती रही कविता
आसमान में !
फिर बँधी हुई माँझे के साथ
धीरे-धीरे
लौट आई धरती पर,
अपने घर !

भला कौन बैठा था वहाँ ऊपर
जो रोकता उसे ?
टोकता उसे
नीचे लौट आने से ?
कहता कि न जाओ अभी,
उड़ती रहो कुछ देर और आसमान में !

हवा पढ़ना नहीं जानती
और आसमान को

कविता की भला क्या तमीज़ है !
पौधे की भाषा
समझ सकती है सिर्फ़ मिट्टी,
कविता,
हवा और आसमान नहीं,
धरती की चीज़ है !
घूमने-फिरने की बात समझे
मगर, ज़्यादा देर
ख़ुश नहीं रह सकती कविता आसमान में।
थक-थका कर आख़िर
लौट आती है वो एक दिन धरती पर,
अपने घर !

गो कि गए हुए उसे इस बार
बहुत दिन हो गए हैं हुज़ूर !
मगर जी छोटा न करें,
हौसला रक्खें,
हर बार की तरह
इस बार भी
वो लौटेगी ज़रूर !
वो लौटेगी ज़रूर !!

मसीहा

तुम !
जो हर पल
सूली चढ़े,
विष पिया,
निर्वासित हुए
और
यातना के साइबेरिया में जिये,
भला किसने कहा था तुमसे,
मधुमक्खियों के शहर में
उम्र गुज़ारने के लिए ?
बिना कम्बल लपेटे
शहद उतारने के लिए ?

तुम !
जो हर पल
सूली चढ़े......

शहर

नहर करवट बदलती है
और
उभरने लगते हैं
धूल ओढ़े पगडण्डियों पर
हुक्का पीते कच्चे मकान
और अपनी माँद से बहुत दूर
धीरे-धीरे
मरना शुरू कर देता है
मेरे अन्दर,
गोली खाया एक ज़ख़्मी जानवर।
गीले बदनवाली मिट्टी
लिपटती है तलुओं से
और सड़कें बन जाती हैं कपूर,
हथेली पर धरा हुआ।
कच्चे दूध-सी हवाएँ
निकलती हैं घूँघट काढ़े
कोतवाली की ठण्डी सड़क पर
लोकगीतों की
और रेल-बस-कारें
जल उठती हैं भक्क से।
चरवाहा टेरता है बाँसुरी के नीचे मवेशी
और भूमिगत हो जाते हैं खुर्राट होटल।
बम्बे की पुलिया पर

गुल्ली-डण्डा खेलते नंग-धड़ंग बच्चे
मुस्कराहट की तरह रचते हैं आँखों में
और पिचक जाते हैं
बूढ़ी किताबों के गुब्बारा चेहरे।
धूप उतरती है पेड़ों से,
धूपदानी में सुलगता है लोबान
और एक घर की मुँड़ेर पर बैठी चिड़िया,
रह-रह कर फुदकती है।
एक गिलहरी
मटकाती है अपनी नन्ही-मुन्नी आँखें
और ख़त्म हो जाता है रसेल का सिगार।
और जब तक दबी ज़ुबान में
बुलाता है कोई मुझे
मेरे बचपन के नाम से,
मेरे फेफड़ों से चेहरे तक
अपने शरीर से
नोचे गए गोश्त का एहसास,
खो चुका होता है !
सूत के कच्चे धागे पर चलता हुआ
ज़ख़्मी जानवर,
पूरी तरह ठण्डा हो चुका होता है !

नहर करवट बदलती है
और……

वसन्त : तीन रंग

[1]

फूल पेड़ों में छुपे रहते हैं।
बर्फ़ के सफ़ेद घोड़ों पर सवार
शिकारी दिन पीले पत्तों के,
लौट नहीं जाते जब तक
एक-एक करके,
नंगे और उदास जंगल से,
डरे हुए बच्चों की तरह बिल्कुल
फूल बाहर नहीं निकलते हैं।
फूल पेड़ों में छुपे रहते हैं।

[2]

हवा प्रसन्न है तुम्हारी तरह
और तुम जैसे हवा,
संयोग भी है तो कितना प्यारा-सा,
तुमको हवा
और हवा को
आईना कहाँ मिलेगा तुम्हारा-सा !

[3]

पौधे करते हैं
गुपचुप-गुपचुप बातें
और दुनिया कहती है उन्हें फूल,

वो लड़की भी
कितनी बातें करती है।
काश !
वो एक पौधा होती
तो कितना अच्छा होता
बेकारी,
कम से कम,
मुझे इतनी न खलती।
किसी मन्दिर के आगे
खोल लेता मैं
फूलों की एक दुकान
और मेरा ख़याल है
वो ख़ूब चलती !

एक पत्रांश

पत्र मिला तुम्हारा।
सचमुच,
तुम बहुत अकेले हो इन दिनों !

तुम्हारे आगे दूर तक—
लगातार गिरती हुई बर्फ़ का
एक सूना मैदान है
और पत्तियाँ उतारते पेड़ हैं।
आँसू हैं पलकों पे,
घास की नोक पर
हवा से काँपती ओस की तरह।
और एक सन्नाटा है गीली मिट्टी-सा,
तुम्हारे चारों ओर
चादर की तरह लिपटा हुआ !
इस मिट्टी से तुम,
अपनी मनचाही शक्ल बना सकते हो !
देवता, आदमी, अप्सरा,
महापुरुष, विदूषक, बौने
या फिर दुनिया भर के मज़ेदार खिलौने।
उत्तर मिलेगा,
तुम इस सन्नाटे को प्रश्न की तरह
जिधर से चाहो उठा सकते हो !

रंग तो बाज़ार में मिल जाएँगे हज़ार,
बने-बनाए तैयार
मगर मूरतें,
ख़ुद गढ़नी पड़ती हैं अपने हाथों से !
मूरतें यूँ तो मशीनें भी ढालती हैं
मगर,
हाथों की बात ही कुछ निराली है,
लगता है जैसे मिट्टी अपने गाँव आ गई हो।
हाथ भी तो मिट्टी हैं,
मिट्टी को मिट्टी पहचानती है,
सिर्फ़ हाथ ही क्या,
मिट्टी तो पूरे बदन को जानती है
जैसे माँ जानती है अपने बच्चे को।

वसन्त आने से पहले—
बर्फ़ गिरती है बेआवाज़ लगातार
सूने और उजाड़ मैदानों में।
पत्तियाँ उतारते हैं पेड़,
थरथराते हैं आँसू जल-तरंग-से पलकों पर
और एक सन्नाटा लिपटता है
बार-बार तनहा आदमी से गीली मिट्टी-सा।
भाई मेरे ! तुम इस मिट्टी से
अपनी मनचाही शक्ल बना सकते हो !
साँस भी लोगे तो निशान पड़ेंगे मिट्टी पर।
उत्तर मिलेगा,
तुम इस सन्नाटे को प्रश्न की तरह
जिधर से चाहो उठा सकते हो !

पत्र मिला तुम्हारा······

‘निराला’

पतझड़ रचते रहे षड्यन्त्र
तुम्हारे विरुद्ध
और तुम लड़ते रहे
दुनिया का सबसे बड़ा युद्ध
कविताओं में !

साँवली हवाओं में
डाल से टूटे, सूखे हुए पत्ते
उड़ते रहे
तुम्हारे घर के आसपास
और तुम
पुराने कैनवास जलाते हुए,
‘बादल राग’ गाते हुए
बाँधते रहे अपनी नाव
उस ठाँव,
उस घाट के पास
जहाँ नदी बेहद उदास होती है,
इतनी
कि आदमी की आत्मा के पास होती है !

इलाहाबाद के पथ पर,
कविता,
तोड़ती रही पत्थर

और मोड़ती रही
तुम्हारे क़दमों का रुख़
उस दिशा में
जिधर की यात्रा
राजपुत्रों के लिए निषिद्ध थी।
आगे
रेत का एक समुद्र है
जिसमें जिन्नात घूमते हैं दिन-रात
यह दन्तकथा
भाषा में बड़ी प्रसिद्ध थी।
मगर,
तुम ठहरे बचपन के ज़िद्दी
और मस्तमौला
अगर
किसी का कहा सुनते
तो लोग
तुम्हें 'निराला' क्यों कहते !

सर्दियों के बदन की
फूल-छाप हरी धूप,
लिपटती रही चुपचाप
तुम्हारे पड़ोसियों के दामन से
और तुम्हारे आँगन में
लगातार
ओले बरसते रहे !
यह कितनी अजीब बात है
मेरे बाँके कवि !
कि तुम वसन्त में जन्मे
और उम्र भर
वसन्त के लिए तरसते रहे !

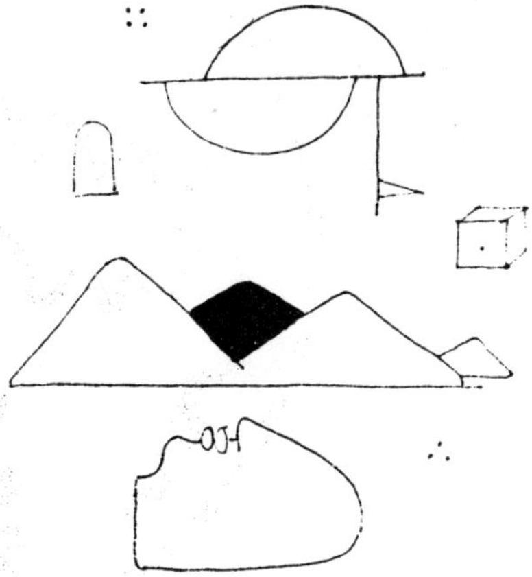

त्रिपदियाँ

पड़ा है धूप का सपना अभी वहीं का वहीं।
जिस आधी रात में हमको मिली थी आज़ादी,
उस आधी रात की क़िस्मत में सहर है कि नहीं?

दूसरी आज़ादी-1

रोज़ इक झूठ की सलामी से,
ऐसा लगता है जैसे छूटे हों,
दूसरी बार हम ग़ुलामी से !!

❑

आदमी, आदमी हुआ फिर से !
धूप, चिड़िया, हवा, नदी ख़ुशबू,
दिल को हर चीज़ ने छुआ फिर से !!

❑

अपने ही घर में हम पराए हैं !
ऐसा लगता था देशी शक्लों में,
फिर से अंग्रेज़ लौट आए हैं !!

❑

सिर्फ़ नारों से पेट क्या भरते !
दोस्तो ! इन्तज़ार गोदो का,
मुल्क के लोग कब तलक करते ?

❑

जमते-जमते गिघल गया सब कुछ !
ऐसे झुमका गिरा बरेली में,
एक पल में बदल गया सब कुछ !!

❑

धूप, ताज़ा हवा ज़रूरी है !
बात गणतन्त्र की इमारत की,
खिड़कियों के बिना अधूरी है !!

दूसरी आज़ादी-2

ये न प्यासे मृगों ने सोचा था,
हाय ! पानी के नाम पर ये भी,
सिर्फ़ पानी का एक धोखा था !

❑

डूब मरने की बात आती है,
मुल्क में मेरे, दिन नहीं, साहब,
रात के बाद रात आती है !

❑

लोग क़समें हज़ार खाते हैं,
लौटकर राजघाट से लेकिन,
फिर उसी रंग में डूब जाते हैं।

❑

धूल ही धूल हर गली बाबा !
चोर सारे सवार घोड़ों पर,
और पैदल इधर अलीबाबा !!

❑

दूर तक रात है, अँधेरे हैं,
जिनके घर, खेतियाँ अँगूठों की,
उनकी जेबों में फिर सवेरे हैं।

❑

अपना चेहरा न हाय अपना है !
दो-दो आज़ादियाँ पड़ीं झूठी,
ख़ुद का मिलना अब एक सपना है !!

ग्रीष्म

रेत सहरा की गई है मन तक !
गर्मियाँ आ के ये कहाँ ठहरीं,
जी में आये, उतार दें तन तक !!

❑

सबका पानी गया रावालों तक !
बोलबाला है लू का यूँ हर ओर,
धूल ही धूल है ख़यालों तक !!

❑

मेघदूतों का इन्तज़ार हुई !
धूप ने इस क़दर नदी पहनी,
रहगुज़र एक आर-पार हुई !!

❑

इन दो मिस्रों में सदी सिमटी है !
झिलमिलाता है रूह तक मृगजल,
दोपहर यूँ बदन से लिपटी है !!

❑

ख़ुश हैं इतने कि लाल हैं साहब !
आग बरसाती हुई इस ऋतु में,
गुलमोहर भर निहाल हैं साहब !!

सावन

खेल मौसम भी ख़ूब करता है !
छींटे आते हैं मेरे अन्दर तक,
मेंह बाहर मेरे बरसता है !!

❑

कृष्ण की बंसरी हुई धरती !
गोपियों-सी जुड़ा गईं आँखें,
आत्मा तक गई हरी धरती !!

❑

फूल पींगों के दूर तक फूले,
जब से इक शख़्स को लगा सावन,
उसकी हर बात में पड़े झूले !

❑

चोट पहुँचा के खुली है छतरी !
वो भिगो कर मुझे गुज़र भी गई
और घर जा के खुली है छतरी !

❑

एक पहचान के हरे वन में,
इस तरह इन्द्र का धनुष टूटा,
रंग ही रंग भर गए मन में !

शरद

कुछ सुझाई न दे वो कोहरा है !
इस सदी की उदास आँखों में,
मोतियाबिन्द इतना गहरा है !!

❑

धुन्ध है और खोई हैं चीज़ें !
सुबह के इन्तज़ार में जैसे,
हर तरफ़ सोई-सोई हैं चीज़ें !!

❑

ओस—झिलमिल कनेर हैं सुब्हें !
एक तालाब के कमल ओढ़े,
किसकी ग़ज़लों के शेर हैं सुब्हें ?

❑

गुलशनों के लिबास की ठण्डक !
माँ के हाथों की याद आती है,
हाय ! तलुओं में घास की ठण्डक !!

❑

इस तरह से है धूप कोहरे में !
बाजरा तुमने साफ़ करने को,
जैसे रक्खा हो सूप कोहरे में !!

❑

धूप लगती धुली-धुली ऐसे !
बाद दो-चार रोज़ के दुलहन,
सबसे मिलती खुली-खुली जैसे !!

तेज़ नाख़ुन हैं यूँ हवाओं के!
लिख के हँसता है एक संन्यासी,
बर्फ़ पर नाम अप्सराओं के!!

❑

पेड़ पत्ते उतार कर चुप हैं!
अपनी शाख़ों से एक मौसम की,
बातचीतें गुज़ार कर चुप हैं!!

फागुन

फगुनहट ठण्ड में रची ऐसे,
हाथ आया उदास पीढ़ी के,
जॉन लेनन का गीत हो जैसे !

❑

ठण्ड की कैफ़ियत गुलाबी है !
दूर से ख़त किसी ने भेजा है,
संग लिफ़ाफ़ा भी इक जवाबी है !!

❑

पेड़ बजते हैं पुष्पशंखों-से !
एक कविता हवा में लिखती हैं,
उड़ती चिड़ियाएँ अपने पंखों से।

❑

शाख़ कुछ यूँ गुलाब देती है,
जैसे पलकें झुका के लड़के को,
कोई लड़की जवाब देती है !!

❑

फूल ही फूल बस, उमीदों में,
दिल में इक शख़्स के उतरते ही,
कोंपलें फूटती हैं चीज़ों में !

❑

ज़ायक़ा इक नया खुला मुझमें !
टेसुओं का गुलाल पानी में,
इस तरह से कोई घुला मुझमें !!

एक उत्सव-सा है हवाओं में !
ऐसे पर तोलती हैं चिड़ियाएँ,
जैसे घुँघरू बँधे हों पाँवों में !!

❑

रास्ते क्या नज़र नहीं आते ?
सुबह के भूले शाम तक, साहब !
इन दिनों लोग घर नहीं आते !!

देश

चला किधर के लिए था, किधर निकल आया !
मैं इससे पहले ये कहता, बदल तू शक्ल अपनी,
वो मेरी नस्ल का, हर आईना बदल आया !!

❑

तिरंगे दर्द की ओंठों पे पट्टियाँ बाँधे,
मैं उस जुलूस में चलने लगा न जाने कब,
गुज़र रहा था जो पीठों पे कुर्सियाँ लादे !

❑

पड़ा है धूप का सपना अभी वहीं का वहीं !
जिस आधी रात में हमको मिली थी आज़ादी,
उस आधी रात की क़िस्मत में सहर है कि नहीं ?

❑

ऐसा माहौल है गोया न कभी लौटेंगे !
उम्र भर क़ैद से छूटेंगी नहीं सीता जी,
राम, लगता है, अयोध्या न कभी लौटेंगे !!

❑

कुर्सियाने के नये तौर निकल आते हैं !
अब तो लगता है, किसी से न मरेगा रावण,
एक सर काटिए, सौ और निकल आते हैं !!

❑

इन्तज़ार और अभी दोस्तो करना होगा !
रामलीला ज़रा कलियुग में खिंचेगी लम्बी,
लेकिन, ये तय है कि रावण को तो मरना होगा ?

सबरंग

एक मकड़ी ने यूं बुना जाला !
मुन्तज़िर मेज़ की हथेली पर
हो गया बर्फ़ चाय का प्याला !!

❑

धुएँ की लकीर की तरह !
वो हमें नसीब ना हुआ
अन्दाज़े-मीर की तरह !!

❑

दीवारों की तस्वीर बदलती हैं खिड़कियाँ !
चारों तरफ़ से बन्द जो रहते हैं आदमी,
उनमें भी ढूँढ़िए तो निकलती हैं खिड़कियाँ !!

❑

लड़के-लड़की की इक कहानी में !
तैरना बर्फ़ का मुक़द्दर था,
एक दिन ख़ुद ही अपने पानी में !!

❑

उपवन में काशी-वासी होते हैं !
लगा, जोगिया रंग का देख गुलाब,
फूलों में भी संन्यासी होते हैं !!

❑

जीने का सामान नहीं है !
कविता की बस्ती में कोई
राशन की दूकान नहीं है !!

अन्तराल-2

जो लोग,
जूतों के साथ
पेड़ों पर नहीं चढ़ पाते हैं,
वे कुर्सियां बनवाते हैं !

महानतम

कविता करके
कवि,
कहानी लिखकर
कहानीकार
और समीक्षा करके
समीक्षक
मुस्कराता है,
लेकिन,
सबसे महान है
मेरी गली का रद्दीवाला
जो बग़ैर कुछ किए
सबसे ज़्यादा मुस्कराता है।

आसमान नहीं गिरेगा !

न जाने आसमान कब गिरेगा !
दरख़्त
छोटे-बड़े,
एक पाँव पर खड़े
प्रतीक्षा कर रहे हैं सदियों से
कि कब आसमान गिरे
और·
हम थाम लें !
लेकिन,
आसमान भी कोई बुद्धू नहीं है,
बूढ़ा हो गया है,
यह समझता है
कि दरख़्त सब के सब,
यूँ ही नहीं खड़े हैं बेमतलब
सदियों से,
अरे !
अगर गिरना ही है
तो सीधे ज़मीन पर गिरेंगे,
भला इन दलालों के हाथ
क्यों पड़ेंगे ?
मेरा ख़याल है—
जब तक
एक दरख़्त भी खड़ा रहेगा,
आसमान नहीं गिरेगा !

भूगोल का इतिहास

सूरज के गिर्द घूमती है धरती
और धरती के गिर्द चाँद
मगर धरती,
घास नहीं डालती
चाँद को !
जानती है कि उसके ओंठों पर
बेशक शाइराना बातें हैं
मगर जेबों में--तमाम रातें ही रातें हैं
रोज़ लेता है सूरज से उधार,
भला ऐसे आदमी से
कितने दिन निभेगा प्यार,
जो कमाता-धमाता तो कुछ नहीं,
बस ! बातें बनाता है
और उधार का खाता है !

मगर सूरज,
न तो बनाता है बेकार की बातें
और न लगाता है किसी का चक्कर-वक्कर
और रुतबा ऐसा
कि जिधर निकल जाता है,
लोग उठ कर खड़े हो जाते हैं,
सलाम बजाते हैं,

मजाल है,
नज़र मिला कर कोई कर ले बात !
हटाते हुए रात,
बिछाते हुए चलता है रास्तों पर
रोशनी में धड़कते हुए पल-छिन।
उसकी जेबों में—
भरे हुए हैं तमाम दिन ही दिन।
इसीलिए
सूरज के तलुए चूमती है धरती।
इसीलिए
सूरज के गिर्द घूमती है धरती।
धरती को
बस ! इसीलिए
चाँद की बनिस्बत सूरज पसन्द है।
दोस्तो !
इस सदी की किसी लड़की की तरह
हमारी धरती भी
कितनी अक़्लमन्द है !

कुर्सियाँ : सात कविताएँ

1

कुछ लोग
मरने के बाद जैसे
प्रेत-योनि में भटकते हैं,
कुछ पेड़ भी ठीक उसी तरह
कटने के बाद,
कुर्सियाँ बनते हैं !

2

जंगल कटता है,
कुर्सियाँ
शहर में आती हैं
और
फिर शुरू हो जाता है जंगल !

3

जो लोग,
जूतों के साथ
पेड़ों पर नहीं चढ़ पाते हैं,
वे कुर्सियाँ बनवाते हैं !

4

कुर्सियाँ
जब कमजोर हो जाती हैं

तो आदमख़ोर हो जाती हैं !
बस्तियों को जंगल बनाती हैं,
जंगल में मंगल मनाती हैं।
इन्सान कुर्सियाँ बनाता है
लेकिन कुर्सियाँ,
इन्सान नहीं बनाती हैं !

5

अलादीन के पास
जादू का एक चिराग़ था पहले
और आज है
काठ की सिर्फ़ एक कुर्सी,
फिर भी
किसी भी काम के लिए उसे अब,
जिन्न की ज़रूरत कभी नहीं पड़ती !

6

जंगल कटता है तो पानी नहीं बरसता,
बस्तियाँ
एक-एक बूँद को तरसती हैं।
जंगल कटता है तो पानी नहीं बरसता,
कुर्सियाँ बरसती हैं।
जंगल कटता है तो पानी नहीं बरसता,
बरसते हैं बाढ़ और सूखा।
बाढ़ और सूखे का करने मुआयना,
कुर्सियाँ उड़ कर पहुँचती हैं।
जंगल कटता है तो पानी नहीं बरसता,
कुर्सियाँ बरसती हैं......

7

कुर्सियों की मातृभाषा होते हैं पेड़,
फूलों और फलों से लदे हुए अनन्त।

लेकिन,
ज़ुबान ऐंठती है कुर्सियों की
अपनी मातृभाषा बोलते हुए।
लोहे के ठण्डे ज़ायक़े को
दिमाग़ में घोलते हुए
उन्हें तो कुल्हाड़ों की भाषा ज़्यादा पसन्द है,
कुल्हाड़े : जो पेड़ों को
लगातार अपनी जड़ों से काटते हैं,
याद न आए उन्हें कभी भूले से भी
अपनी ज़मीन,
एक-एक कर उनको,
इस तरह टुकड़ों में बाँटते हैं !

कुर्सियों की मातृभाषा होते हैं पेड़
फूलों और फलों से लदे हुए अनन्त......

पिताजी का बच्चा

(मनोविज्ञान के सिद्धान्त के मुताबिक़ दुनिया का हर बच्चा बालिग़ होते ही दिमाग़ी तौर पर अपने पिता के प्रभाव से हमेशा के लिए आज़ाद हो जाता है। पिता से हट कर उसका अपना एक अलग व्यक्तित्व बनता है, एक अलग पहचान बनती है, मगर इस सिद्धान्त के विपरीत कोई बच्चा ऐसा भी निकलता है जो बालिग़ हो कर भी कभी बालिग़ नहीं होता और अपने पिता को एक ढक्कन की तरह जीवन भर ख़ुद पर कसे रहता है। सूरजमुखी का फूल जिस तरह हमेशा सूरज की दिशा में घूमता रहता है, हू-ब-हू वही पूजा-भाव बच्चे के दिलो-दिमाग़ पर अपने पिता के लिए आजीवन बरक़रार रहता है।

'पिताजी का बच्चा', एक ऐसा ही लाइलाज बच्चा है। जिसको उम्र भर के लिए 'पिता जी' हो गए हैं और पिता जी एक ऐसे सूरमा पिता जी हैं जो ख़ुद को ख़ुद ही हो गए हैं। ख़ुदपरस्त, आत्मप्रदर्शन, आत्मप्रशंसा के शिकार, ख़ुद पर मोहित, ख़ुद पर फ़िदा।

संक्षेप में 'पिता जी का बच्चा', एक आत्ममुग्ध पिता और एक पितामुग्ध बालक की जुगलबंदी है।)

पिता जी के दिन हैं,
पिता जी की रातें।
पिता जी का मिट्ठू,
पिता जी की बातें।

पिता जी हैं ऐसे,
पिता जी हैं वैसे।
पिता जी ने मारे,
पिता कैसे-कैसे।

पिता जी हैं गामा,
पिता जी सिकन्दर।
पिता जी टमाटर,
पिता जी चुकन्दर।

पिता जी का चेहरा,
पिता जी का मोहरा।
पिता जी ने छाँटा,
ज़माने का कोहरा।

पिता जी के पित्ते का,
क़ायल जमाना।
पिता जी का लोहा,
पिता जी ने माना।

पिता जी प्रभावित हैं,
खुद ही से इतने।
छुएँ पाँव उठते ही
हर सुबह अपने !

पिता जी के घर से,
शुरू हो मुहल्ला।

पिता जी के घर में,
पिता जी का हल्ला।

पिता जी, पिते जी,
पितो जी, पिता जू।
पिता जी पे छाया,
पिता जी का जादू।

पिता जी की महफ़िल
पिता जी के चर्चे ।
पिता जी ने पैसे,
पिता जी पे ख़र्चे।

म-मा, मू-मे, मैं-मैं,
पिता जी की भाषा।
पिता जी के मुँह में,
पिता जी बताशा।

पिता जी का जीवन,
पिता जी का दर्शन।
पिता जी की पुस्तक,
पिता जी को अर्पन।

पिता जी की ठुमरी,
पिता जी की तोड़ी।
पिता जी की बग्घी,
पिता जी की घोड़ी।

पिता जी ही बाँधें,
पिता जी ही ढीलें।
पिता जी की घुइयाँ,
पिता जी ही छीलें।

पिता जी का पर्वत,
पिता जी का डण्डा।
पिता जी ने गाड़ा,
पिता जी पे झण्डा।

पिता जी ही गुलशन,
पिता जी ही माली।
पिता जी ही देते,
पिता जी को ताली।

पिता जी की कच्ची,
पिता जी की पक्की।
पिता जी के गेहूँ,
पिता जी की चक्की।

पिता जी ही बैठें,
पिता जी ही लेटें।
पिता जी का मैदा,
पिता जी ही फेंटें।

पिता जी का अक्कड़,
पिता जी का बक्कड़।
पिता जी का चूरन,
पिता जी का लक्कड़।

पिता जी ही पिचकें,
पिता जी ही फूलें।
पिता जी का झूला,
पिता जी ही झूलें।

पिता जी की धोती,
पिता जी का कुर्ता।

पिता जी का बैंगन,
पिता जी का भुर्ता।

पिता जी का भूना,
पिता जी ही खाएँ।
पिता जी को केवल,
पिता जी ही भाएँ।

पिता जी की हाँ में,
पिता जी की हूँ जी।
पिता जी बने ख़ुद,
पिता जी की पूँजी।

पिता जी के कन्चे,
पिता जी का बण्टा।
पिता जी का मन्दिर,
पिता जी का घण्टा।

पिता जी चढ़ाएँ,
पिता जी पे लड्डू।
पिता जी हैं ऐसे,
पिता जी पे लट्टू।

पिता जी की झाँकी,
पिता जी की माला।
पिता जी पे लटका,
पिता जी का ताला।

पिता जी के अन्दर,
पिता जी पड़े हैं।
पिता जी के बाहर,
पिता जी खड़े हैं।

पिता जी यहाँ हैं,
पिता जी वहाँ हैं।
पिता जी नहीं हैं,
पिता जी जहाँ हैं।

दिशा इक न छूटी,
जिधर ना हो गाड़ा।
पिता जी से लम्बा,
पिता जी का नाड़ा।

करें याद खुद ही को
इतना पिताजी।
पिता जी को आये,
पिता जी की हिचकी।

अरस्तू हुए थे,
शिवाजी से पहले।
पिता जी हुए थे,
पिता जी से पहले।

पिता जी का पीतल,
पिता जी का सोना।
पिता जी का हँसना,
पिता जी का रोना।

लिया गोद ऐसे
पिता को समूचा
पिता जी–सा कोई,
न दुनिया में दूजा।

पिता जी का लालन,
पिता जी का पालन।

पिता जी हैं जो भी,
पिता जी के कारण।

पिता जी का भेजा,
पिता जी ने पाया।
पिता जी के सर पे,
पिता जी का साया।

पिता जी से टूटी,
पिता जी की पुलिया।
पिता जी बिगाड़े,
पिता जी का हुलिया।

हरे हार हरि का,
हरा तुकमलंगा।
पिता जी का सावन,
पिता जी का अन्धा।

पिता जी से ख़ाली,
नहीं एक पल भी।
पिता जी का बच्चा,
पिता जी का एल.पी. !

पिता जी तो जो थे,
सो थे, चलिए, अच्छा !
पिता जी से बढ़ कर,
पिता जी का बच्चा।

पिता जी का बच्चे पे,
ऐसा असर है।
पिता जी की जूती,
पिता जी के सर है।

चतुष्पदियाँ

सच जो मिल जाय
बड़ा मज़ा आय !
मिट्टी के कुल्हड़ में,
फिर गुड़ की चाय !!

रुई धुने ताँत,
वे उजले दाँत,
कौंध गए, देख उड़ी
बगुलों की पाँत !

❖

आमों पर बौर,
बौराये और
फागुन निकला सर पे
रक्खे फिर मौर !

❖

पहरा घनघोर,
मन के हर ओर,
फिर भी जाने कैसे,
घुस आया चोर !

आँखों में फूल,
हाथों में धूल,
हमने भी की कैसी,
बच्चों-सी भूल !

❖

हिरणों के झुण्ड,
पानी के कुण्ड,
छोड़ गए आँखों में
कोसों तक धुन्ध !

❖

सपनों की बेल,
बचपन के खेल,
याद आए, गुज़र गई
सीने से रेल !

❖

आँखों के खेत,
डोलेंगे प्रेत,
सरकेगी, मत बाँधो,
मुट्ठी में रेत !

❖

हिरनी से नैन,
मिसरी-से बैन,
याद आए और कटी
पलकों में रैन !

मुख-देखी प्रीत,
दुनिया की रीत,
छेड़ गया दुखती रग,
बाउल का गीत !!

❖

गली-उड़ी गर्द,
उभरा वो दर्द,
चौखट से आँगन तक,
सब था बेपर्द !

❖

पुरखों का गाँव,
पीपल की छाँव,
सब छूटे, शहर से
हारे हम दाँव !

❖

वही सुबह-शाम,
वही-वही काम,
बिना लगे गोली, मन
बोले—हे राम !

❖

सच, जो मिल जाय,
बड़ा मज़ा आय,
मिट्टी के कुल्हड़ में
फिर गुड़ की चाय !

पत्थर का मौन,
समझा है कौन ?
शिल्पी कुछ, पर कितना ?
यही आध-पौन !

❖

उतर गया घाम,
कर मेरे नाम,
डूबा दिन, कटे हुए
पाँवों की शाम !

❖

बीता दिन हाय !
बड़ा याद आय,
गौ खोये बछड़े पर,
जिस तरह रँभाय !

❖

देखकर कपास,
मन हुआ उदास,
घर बाँधा कुछ हटकर
क़ब्रों के पास !

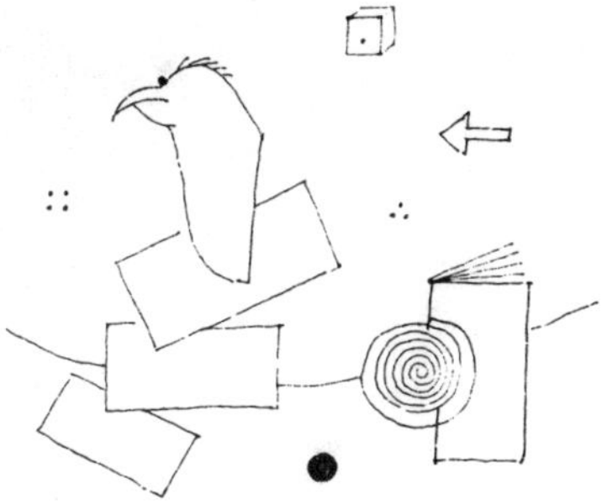

हाइकू

टीं-टीं-टीं हिकू,
चील एक चिल्लाई,
हुआ हाइकू।

सड़क-गली,
सूरज तो हो गया,
गुलाम अली।

❖

मिली नज़र,
खिली एक लड़की,
गुलमोहर !

❖

रेत पे पाँव,
याद आ रही है माँ,
पेड़ की छाँव !

❖

बैसाखी छड़ी,
सूर्य ने घुमाई यूँ,
छू हुई नदी।

पियरा गईं
फ़सलें, दुलहनें
घर आ गईं !

❖

टेसू के फूल
खिले दुपहर में,
संझा को धूल !

❖

हर घर में,
फूलों के गुलदस्ते
कैलेण्डर में !

❖

मेघ जी हँसे
ऐसे कि मछुओं के
जाल में फँसे !

❖

बात-बात में,
दीवारें गिरती हैं,
बरसात में !

❖

बनजारों में,
तू-तू, मैं-मैं, बौछारें
अख़बारों में !

अहा, झरना !
पर्वतों का वनों से
बात करना !!

❖

टूटे बादल,
बीच सड़क पर,
नाचे पागल !

❖

गीले रूमाल,
उड़ते हैं आँखों में
नावों के पाल !

❖

धड़की छाती
बूढ़े बरगद की,
बिजली नाची !

❖

पटुआँ बोला—
मैना ! देगी शादी में
कितने तोला ?

❖

हँसी लड़की !
सहसा दीवार में—
एक.खिड़की !

थर्मामीटर
रात, चाँदनी जैसे
पारा भीतर।

❖

तनहाई में,
देहों के टाँके टूटे
पुरवाई में!

❖

नीम का पेड़
देख रहा है, सूनी
खेतों की मेड़।

❖

चेहरे भाप!
इस युग में मिला
पानी को शाप!

❖

महँगी-सस्ती,
मिलते ही मिट्टी में
उड़ती मिट्टी!

❖

टीं-टीं-टीं हिकू!
चील एक चिल्लाई
हुआ हाइकू!

दोहे

कलियुग में रावण अमर, त्रेता में थे राम।
अपना-अपना देवता, चुनना युग का काम।।

सपने मुर्दा मछलियाँ, आँखें सूखी झील।
हर चेहरे के ठूँठ पर, बैठी है इक चील।।

❖

गीता और क़ुरान पर, है अब ऐसी धूल।
भोले-भाले आदमी, रस्ता जायें भूल।।

❖

सेंके अपनी रोटियाँ, राजनीति अविराम।
ऐसी जगहों में रहे, कब रहीम, कब राम।।

❖

धर्म-ध्वजा जब-जब लगी, राजनीति के हाथ।
विधवा हुईं सुहागिनें, बच्चे हुए अनाथ।।

❖

मन्दिर-वन्दिर के नहीं, राम मेरे मोहताज।
बसी अयोध्या जिस हृदय, उसमें रहे विराज।।

❖

गंगा जी से क्या जुड़ें, पितरों के सम्बन्ध।
जब पण्डों के हाथ हों, घाटों के अनुबन्ध।।

❖

राम-राज्य की कल्पना, सत्य-अहिंसा-त्याग।
हर सपना टूटा बहुत, आज़ादी के बाद।।

❖

क्या बतलाएँ, क्या लिखें, तुमको अपना हाल।
दिल तो राजस्थान है, आँखें नैनीताल।।

पहले-पहले प्रेम का, क्या कहिए रंग-रूप।
कच्ची इमली में रचे, जैसे मीठी धूप।।

❖

घड़ियों के काँटे मिले, एक जगह यूं आय।
अब ना बिछडेंगे कभी, चाहे जो हो जाय।।

❖

छोड़, समय की रेत पर, चन्द सीपियाँ-शंख।
उड़ जाता जाने कहाँ, प्रेम लगा कर पंख।।

❖

जब-जब सूरज ने रखी, मेरी निब पर शाम।
स्याही निकली ओढ़ कर, फिर इक भूला नाम।।

❖

दुनिया को मत दोष दो, टूटे जो अरमान।
दुनिया के क़ाबिल बनो, बेटा सूरज भान।।

❖

जब-जब बाग़ों में खिले, छैल-छबीले फूल।
मन ही मन कुछ सोच कर, हँसने लगा बबूल।।

❖

फैले हैं हर हाथ पर, रेखाओं के जाल।
किसी हाथ-आकाश है, किसी हाथ-पाताल।।

❖

श्रद्धा से चन्दन जले, दुख से जले शरीर।
मज़हब से बस्ती जले, नफ़रत से कश्मीर।।

❖

हर इक युग के अन्त में, मिले हमेशा झूठ।
हाथ-लिये टूटी हुई, तलवारों की मूठ।।

❖

कुर्सी बोली पेड़ से, झूम न इतना ओय।
जिस पल ठानूंगी अरे, कटवा लूँगी तोय।।

❖

मन से चाहों का नहीं, सबके बस का युद्ध।
वर्ना होते आज तक, लाखों गौतम बुद्ध।।

बोध बढ़ा सौन्दर्य का, सभ्य हुआ इन्सान।
फूलों की ख़ातिर चुने, पत्थर के गुलदान।।

❖

शहर उठा, सड़कें भगीं, मचा इस क़दर शोर।
ख़्वाब सभी के ले उड़ा, जैसे कोई चोर।।

❖

मिट्ठू मेरे जाग तो, कानों में रस घोल।
भिनसारे अच्छा लगे, राम-नाम का बोल।।

❖

कोई धन का मीत है, कोई तन का मीत।
जग जीते जिसको मिले, जग में मन का मीत।।

❖

ना तो जगहर ही हुई, ना ही कोई शोर।
कैसे पकड़ा आपने, मेरे मन का चोर।।

❖

ठण्डक उसके रूप की, उसके मुख की छाँव।
नदी-किनारे हो बसा, जैसे कोई गाँव।।

❖

चन्द्रग्रहण कल टल गया, घर-घर फैली बात।
गोरी छत पर थी खड़ी, राहु मर मिटा रात।।

❖

ऊँची महिमा प्रेम की, ऊँचा इसका फेर।
इसके कारण राम ने, खाये जूठे बेर।।

❖

सचमुच की कितनी बड़ी, हमने-तुमने भूल।
इन आँखों में खोल कर, सपनों के स्कूल।।

❖

बालकनी में सोच की, चेहरा उसका हाय।
जैसे मेले में कोई, बच्चा गुम हो जाय।।

❖

हवा चली, पर्दे हिले, हँसी एक तस्वीर।
पलक झँपी औ' ध्यान में, उड़ने लगा अबीर।।

जैसे-जैसे दिन ढला, आँगन-उतरी शाम।
हमें याद आने लगे, कई ज़रूरी काम।।

❖

नदी-किनारे मैं खड़ी, पानी बहता जाय।
पिया मिलेंगे, आ चलें, मुझसे कहता जाय।।

❖

जब से हमने ले लिया, हर रिश्ते से जोग।
घर के-से लगने लगे, दुनिया भर के लोग।।

❖

दर्द, घुटन कुण्ठा, धुआँ, असन्तोष, संत्रास।
ग़ालिब के दीवान पर, उग आई है घास।।

❖

भर्ती के कवि हर गली, करते निज जय-घोष।
जिनकी कविता बोलती, वे रहते ख़ामोश।।

❖

कलियुग में रावण अमर, त्रेता में थे राम।
अपना-अपना देवता, चुनना युग का काम।।

अन्तराल-3

चेहरे बेमुद्दत हड़तालें,
चेहरे चेहराहट से ख़ाली।
चेहरे चेहरों के दीवाले,
चेहरे एक हाथ की ताली।

क़ीमत

पुख़्ता होते ही
मर गईं चीज़ें,
बात जब तक थी,
बात कच्ची थी !
घर बना कर,
बहुत मैं पछताया,
इससे,
ख़ाली ज़मीन अच्छी थी !!

फुटबाल से चट्टान तक
(एंटनी : तीन कविताएँ)

(एंटनी : फुटबाल की दुनिया में पूरे चौदह (1952-66) वर्षों तक छाया रहने वाला एक प्रतिभाशाली खिलाड़ी। फुटबाल जगत के कई अन्तर्राष्ट्रीय ख्याति प्राप्त खिलाड़ियों के विरुद्ध गोल करने का एक मात्र सेहरा एंटनी के सर रहा। कई मर्तबा तो सिर्फ़ एंटनी के ही कारण भारत पराजय का मुँह देखते-देखते बचा।
खेलों की दुनिया में व्याप्त राजनीति, भाई-भतीजावाद और भ्रष्टाचार के शिकार, विज्ञान के स्नातक एंटनी को एक ग़ैर जातीय लड़की से प्रेम-विवाह के अपराध में अपनी बिरादरी और समाज से बहिष्कृत होना पडा।
पच्चीस वर्ष पहले तक अपनी पत्नी और नवजात बच्ची के साथ उसे कालीकट जिले के कक्कायम बाँध पर पत्थर ढोने वाले एक मज़दूर का गुमनाम जीवन जीते देखा गया था। अब वह कहाँ होगा पता नहीं, शायद किसी और बाँध पर, या ऐसी ही किसी जगह पर जहाँ उसे कोई नहीं पहचानता या क्या पता इस दुनिया में ही न हो अब शायद ! उसी एंटनी पर प्रस्तुत हैं तीन कविताएँ)

[1]
दिन मेरे लिए
एक फुटबाल की तरह होता है,
जो दोपहर तक मेरे क़ाबू में आता है !
मेरे बाज़ू की मछलियाँ

तैरती हुईं
उतरना ख़त्म करती हैं पिण्डलियों में
और शाम
घुलना शुरू हो जाती है
नमक की तरह मेरे लहू में !
धीरे-धीरे सूरज लुढ़कता हुआ,
जब कक्कायम के पानी में
ग़ायब हो जाता है,
दिन डूब जाता है,
तब एकाएक लगता है
कि मैंने गोल कर दिया
और
मेरे चारों ओर
सूरज उग आया है बेतहाशा,
तालियों पर तालियाँ पिट रही हैं
अन्धाधुन्ध सीटियाँ बज रही हैं,
कैमरे नाच रहे हैं।
मेरे साथी
भाग रहे हैं मुझे काँधों पर उठाए।
मेरे इर्द-गिर्द सब कुछ,
एक ख़ूबसूरत ख़याल की तरह होता है।
दिन मेरे लिए
एक फुटबाल की तरह होता है······

[2]

शुक्रिया,
मेरे चाहनेवालो !
तुम्हारी दुनिया
बड़ी क़द्रदां है !
कितनी मेहरबानी की है,
ऐसी किक मारी है
कि पाँवों के नीचे से फुटबाल छीन कर

हाथों में
ग्रेनाइट की चट्टान थमा दी है,
ताकि
हाथों और पाँवों का
सन्तुलन बना रहे।
कोई ये न कहे
कि एंटनी के पाँव तो दौड़ते रहे
और हाथ सिर्फ़ सैर करते रहे
आटोग्राफ़्स के बहिश्त में।
सचमुच,
ये कितना बड़ा अन्याय है
कि एक बेचारा तो मरे
और दूसरा सिर्फ़ चरे !
देश में समाजवाद लाने के लिए,
यह ज़रूरी था
कि मुझे मज़दूर बना दिया जाता।
पाँवों के नीचे से फुटबाल छीनकर
हाथों में
पहाड़ थमा दिया जाता।
शुक्रिया,
मेरे चाहनेवालो !
तुम्हारी दुनिया बड़ी क़द्रदां है......

[3]

आज अगर आप
सर पर तसला उठाए देखकर,
मुझे न पहचानें
तो मैं बुरा नहीं मानूँगा !
मुझे कोई गिला न होगा।
क्योंकि मुझे यक़ीन है
कि आपको आज तक
कोई ऐसा शख़्स न मिला होगा

जो इतवार को तो
गमले में फूल बो रहा हो
और सोमवार को
तसले में पत्थर ढो रहा हो !
मज़हब के दरवाज़े के बाहर खड़ी
एक लड़की की उँगली में
अँगूठी पहना देना
या जूड़े में फूलों की वेणी लगा देना,
कोई इतना बड़ा अपराध तो नहीं
कि मुझे अपनी बच्ची के दूध में
कक्कायम का पानी मिलाना पड़े
या किसी क़साई-बाड़े की
गाय बन जाना पड़े !
मुझको कई बार लगता है कि जैसे मैं
अपनी तहज़ीब के लिए मशहूर
हिन्दुस्तान में नहीं
बल्कि,
पश्चिमी अफ्रीका के
नरभक्षी मटानी क़बीले में जन्मा हूँ,
जहाँ रोशनी का नाम लेते ही
तेल के ख़ौलते कड़ाह में
फेंक दिया जाता है
और
फिर ख़ाल उतारकर,
आदमी की खोपड़ी से
भीड़ के सामने
फुटबाल खेला जाता है !
अगर आज आप
सर पर तसला उठाए देख कर
मुझे न पहचानें,
तो मैं बुरा नहीं मानूँगा.......

दस मिनी कविताएँ

आदमी

एक शीतयुद्ध
स्वयं के विरुद्ध !

सदमा

चेहरे ऐसे चुप हैं गोया
अभी खुदाई में निकले हों !

तसल्ली

बादलों को ज़मीन पर आते,
देख कर, खुल गए कई छाते।

प्रेम

एक काग़ज़ की नाव हमने भी,
तेज़ बहती नदी में छोड़ी थी !

पुरस्कार

झुग्गियों में ज़िन्दगी काटी,
टँगी तस्वीर महलों में !

बहाना

लक्ष्मन-रेखा हमने लाँघी
कंचन-मृग बदनाम हो गया !

कवि

शहतूत के पत्ते खाता है,
रेशम के तार उगलता है !

अन्धा

हज़ारो बार मुझको यूँ लगा है
मैं जैसे अब भी माँ के गर्भ में हूँ

भूख

सुब्ह उठते ही रोज़ हातिम से,
हुस्नबानू सवाल करती है !

कविता

छुरा नाभि पर रक्खो,
गगन दिखाई देगा !

बनवास

दर्द के वन में अकेले हैं,
कई साल हुए !

सोच के पेड़ हैं इस क़दर घने
साँस लेते न बने,
धूप के दुर्लभ दर्शन।
पीली यादों की वो पुरवाई
कि छलनी है बदन !
सर्द होते हुए एहसास के साहिल पे खड़े,
तजरबे हाथों में क़न्दीलें लिये
दूर तलक—
रोशनाई के समन्दर में कोई नाव नहीं।
निब के ज़ीने पे
किसी शब्द की आहट ही नहीं।
ग़म के सीने पे
किसी फूल की दस्तक भी नहीं।
सूखे पत्तों से
दबे पाँव गुज़रती है हवा
जाने किस चीज़ से
घबराती है, डरती है हवा ?
घुट के मर जाएँ
वो सन्नाटा नज़र की हद तक।
रोटियाँ रक्खी हैं

लिपटी हुई उस काग़ज़ में,
जिस पे
खोए हुए शाइर का पता लिक्खा है।

दोस्तो !
उम्र हुई,
अपने बिछड़े हुए शाइर से मिले,
शेर सुने !
दर्द के वन में अकेले हैं,
कई साल हुए......

सूर्यास्त

चेहरे जले–अधजले जंगल,
चेहरे बहकी हुई हवाएँ।
चेहरे भटके हुए शिकारे,
चेहरे खोई हुई दिशाएँ।

चेहरे मरे हुए कोलम्बस,
चेहरे चुल्लू बने समन्दर।
चेहरे पत्थर की तहज़ीबें,
चेहरे जलावतन पैग़म्बर।

चेहरे बिना उठाये बीड़े,
चेहरे ज़ंग लगी तलवारें।
चेहरे छूटे हुए हाशिये,
चेहरे पटबहरी दीवारें।

चेहरे लोकगीत फ़ाक़ों के,
चेहरे ग़म की रेज़गारियाँ।
चेहरे सब्ज़बाग़ की शामें,
चेहरे रोती मोमबत्तियाँ।

चेहरे बेमुद्दत हड़तालें,
चेहरे चेहराहट से ख़ाली।
चेहरे चेहरों के दीवाले,
चेहरे एक हाथ की ताली।

चेहरे दीमक लगी किताबें,
चेहरे घुनी हुई तक़दीरें।
चेहरे ग़ालिब का उजड़ा घर,
चेहरे कुछ ख़त, कुछ तस्वीरें।

चेहरे खुली जेल के क़ैदी,
चेहरे चूर-चूर आईने।
चेहरे चलती-फ़िरती लाशें,
चेहरे अस्पताल के ज़ीने।

चेहरे ग़लत लगे अन्दाज़े,
चेहरे छोटी पड़ी क़मीज़ें।
चेहरे आगे बढ़े मुक़दमे,
चेहरे पीछे छूटी चीज़ें।

चेहरे चेहरों की मजबूरी,
चेहरे झूठी रंगदारियाँ।
चेहरे ख़ूं-पीती रिवायतें,
चेहरे पुरखों की उधारियाँ।

चेहरे सोचों के सन्नाटे,
चेहरे क़र्ज़ों की भरपाई।
चेहरे सब भर्ती के चेहरे,
चेहरे गौतम की तनहाई।

चेहरे चेहरों के तबादले,
चेहरे लौटी हुईं बरातें।
चेहरे जलसाघर की सुबहें,
चेहरे मुर्दाघर की रातें।

चेहरे घुटनों-घुटनों पानी,
चेहरे मई-जून की नदियाँ।

चेहरे उतरी हुई शराबें,
चेहरे नस्लों की उदासियाँ।

चेहरे अपने ग़लत दस्तख़त,
चेहरे टूटी हुई तिजोरी।
चेहरे बिगड़ी हुई नज़ीरें,
चेहरे खुद अपने घर चोरी।

चेहरे सपनों के टूटे पुल,
चेहरे नौ दिन कोस अढ़ाई।
चेहरे चेहरों की समाधियाँ,
चेहरे हारी हुई लड़ाई।

चेहरे ख़त्म हो चुके मेले,
चेहरे फटे हुए गुब्बारे।
चेहरे ठण्डे पड़े क़हक़हे,
चेहरे बुझे हुए अंगारे।

चेहरे चेहरों के इस्तीफ़े,
चेहरे हरी हुईं सीताएँ।
चेहरे रावण के दस चेहरे,
चेहरे अपनी दन्तकथाएँ।

चेहरे सहरा, धूप, तिश्नगी
चेहरे कड़ी क़ैद में पानी।
चेहरे हर दिन एक करबला,
चेहरे हर पल इक कुर्बानी।

चेहरे एक घाट के पत्थर,
चेहरे एक दर्द के क़िस्से।
चेहरे चेहरों के बँटवारे,
चेहरे इतिहासों के हिस्से।

चेहरे लालक़िले के सौदे,
चेहरे महँगे, चेहरे सस्ते।
चेहरे गुज़र चुकीं तारीखें
चेहरे बन्द हो चुके रस्ते।

चेहरे सियासतों के मोहरे,
चेहरे भाषाओं की जंगें।
चेहरे राहबरों की चालें,
चेहरे मज़हब की शतरंजें।

चेहरे एक मुल्क के टुकड़े,
चेहरे लहूलुहान आज़ादी।
चेहरे सदमों की पोशाकें,
चेहरे इक बूढ़ी शहज़ादी।

चेहरे पिटी हुई तश्बीहें,
चेहरे उड़े हाथ के तोते।
चेहरे बड़े मज़े में रहते,
चेहरे अगर न चेहरे होते।

चेहरे सोमनाथ के मन्दिर,
कोई गज़नवी तोड़ गया है।
लूट ले गया हीरे-पन्ने,
ख़ाली पत्थर छोड़ गया है।

मायूसी की सर्द रेत में,
चेहरे सारे धँसे हुए हैं।
अन्धी मकड़ी के जाले में,
चेहरे सारे फँसे हुए हैं।

चेहरे अटकी हुई पतंगें,
चाहों के सूखे पेड़ों पर।

चेहरे इक बेनाम कैफ़ियत,
ऊन उतरवाई-भेड़ों पर।

चेहरे एक नदी में फिसलीं,
शकुंतलाओं की अँगूठियाँ।
उनको निगल गईं जो, वे तो,
मछलीघर की हुईं मछलियाँ।

चेहरे दर-दर ऐसे भटके,
जैसे बिना पते की चिट्ठी।
चेहरे-चेहरे चलीं आँधियाँ,
चेहरे-चेहरे बैठी मिट्टी।

चेहरे भूले हुए सुबह के,
चेहरे शाम नहीं घर आए।
चेहरे, चेहरे तलक न पहुँचे,
चेहरे रस्तों में भरमाये।

बसी हुई कुण्डल में, लेकिन,
जग में ढूँढ़ रहे कस्तूरी।
चेहरे दीपक-तले अँधेरा,
चेहरे ख़ुद से ख़ुद की दूरी।

चेहरे लादे हुए सलीबें,
अपने झुके हुए कन्धों पर।
सहमे-सहमे रेंग रहे हैं,
जीवन की लम्बी सड़कों पर।

चेहरे सड़कें-छाप उँगलियाँ,
पकड़े-पकड़े ऊब चुके हैं।
फ़िक्रों के टीलों के पीछे,
चेहरे सारे डूब चुके हैं।

ग़ज़लें

जो ग़ालिब आज होते तो समझते,
ग़ज़ल कहने में क्या कठिनाइयाँ हैं।

जिनके अन्दर चिराग़ जलते हैं,
घर से बाहर वही निकलते हैं।

बर्फ़ गिरती है जिन इलाक़ों में,
धूप के कारोबार चलते हैं।

दिन पहाड़ों की तरह कटते हैं,
तब कहीं रास्ते पिघलते हैं।

बस्तियों का शिकार होता है,
पेड़ जब कुर्सियों में ढलते हैं।

ऐसी काई है अब मकानों पर,
धूप के पाँव भी फिसलते हैं।

ख़ुदरसी उम्र भर भटकती है,
लोग इतने पते बदलते हैं।

हम तो सूरज हैं सर्द मुल्कों के,
मूड आता है तब निकलते हैं।

2.

ऐसे खिलते हैं फूल फागुन में,
लोग करते हैं भूल फागुन में।

धूप पानी में यूँ उतरती है,
टूटते हैं उसूल फागुन में।

कोई मिलता है और होते हैं,
सारे सपने वसूल फागुन में।

चोर बाहर दिलों के आते हैं,
जुर्म करने क़ुबूल फागुन में।

एक चेहरे के बाद लगते हैं,
सारे चेहरे फ़ुज़ूल फागुन में।

चाँदनी रात भर बिछाती है,
बिस्तरों पर बबूल फागुन में।

और ऋतुओं में सुख से सोते हैं,
जागते हैं रसूल फागुन में।

भूले-बिसरे हुए ज़मानों की,
साफ़ होती है धूल फागुन में।

3.

सुबह लगे यूँ प्यारा दिन,
जैसे नाम तुम्हारा दिन।

पाला हुआ कबूतर है,
उड़, लौटे दोबारा दिन।

दुनिया की हर चीज़ बही,
चढ़ी नदी का धारा दिन।

कमरे तक एहसास रहा,
हुआ सड़क पर नारा दिन।

थर्मामीटर कानों के,
आवाज़ों का पारा दिन।

पेड़ों-जैसे लोग कटे,
गुज़रा आरा-आरा दिन।

उम्मीदों ने टाई-सा,
देखी शाम, उतारा दिन।

चेहरा-चेहरा राम-भजन,
जोगी का इकतारा दिन।

रिश्ते आकर लौट गए,
हम-सा रहा कुँवारा दिन।

बाँधे-बँधा न दुनिया के,
जन्मों का बन्जारा दिन।

अक़्लमन्द को काफ़ी है,
साहब ! एक इशारा दिन।

4.

दिल में ऐसे उतर गया कोई,
जैसे अपने ही घर गया कोई।

एक रिमझिम में बस, घड़ी भर की,
दूर तक तर-ब-तर गया कोई।

आम रस्ता नहीं था मैं, फिर भी,
मुझसे हो कर गुज़र गया कोई।

दिन किसी तरह कट गया लेकिन,
शाम आई तो मर गया कोई।

इतने खाए थे रात से धोखे,
चाँद निकला कि डर गया कोई।

किसको जीना था छूट कर तुझसे,
फ़लसफ़ा काम कर गया कोई।

मूरतें कुछ निकाल ही लाया,
पत्थरों तक अगर गया कोई।

मैं अमावस की रात था, मुझमें,
दीप ही दीप धर गया कोई।

इश्क़ भी क्या अजीब दरिया है,
मैं जो डूबा, उभर गया कोई।

5.

जाल शाम ने फिर फैलाया और इक चेहरा याद आया,
जिस्म हुआ मेरा बेसाया और इक चेहरा याद आया।

रिश्ता मेरी याददाश्त का है कुछ ढलते सूरज से,
दुनिया का चेहरा धुँधलाया और इक चेहरा याद आया।

घर तक लाया शोर ज़माना और इक चेहरा भूल गया,
मैं घर तक सन्नाटे लाया और इक चेहरा याद आया।

मन की सूखी जमुना में, यूँ रात मेरा चेहरा बरसा,
ताजमहल डूबा-उतराया और इक चेहरा याद आया।

साहिल से सर धुनती लहरें, पहले भी देखी थीं, मगर,
कल जाने क्यों जी भर आया और इक चेहरा याद आया।

सौ सूने घर मिल सकते थे, बस्ती में पुरवाई को,
उसने बस, मेरा घर पाया और इक चेहरा याद आया।

और भी कुछ चीज़ें शामिल थीं चाँद के काले जादू में,
हमको सिर्फ़ दिया कजलाया और इक चेहरा याद आया।

एक अधूरे ख़त में लिपटे, कुछ मुर्झाये फूल मिले,
मैं ख़ुद को फिर से याद आया और इक चेहरा याद आया।

दिल के दरवाज़े होते हैं अन्दर को खुलने वाले,
मैं अन्दर आ कर पछताया और इक चेहरा याद आया।

रात अचानक एक ग़ज़ल ने, मुझको मुझसे लूट लिया,
दर्द बना दिल का सरमाया और इक चेहरा याद आया।

6.

अपने घर में ही अजनबी की तरह।
मैं सुराही में इक नदी की तरह।

एक ग्वाले तलक गया कर्फ़्यू,
ले के सड़कों को बन्सरी की तरह।

किससे हारा मैं, ये मेरे अन्दर,
कौन रहता है ब्रूस ली की तरह !

उसकी सोचों में मैं उतरता हूँ,
चाँद पर पहले आदमी की तरह।

अपनी तनहाइयों में रखता है,
मुझको इक शख़्स डायरी की तरह।

मैंने उसको छुपा के रक्खा है,
ब्लैक आउट में रोशनी की तरह।

टूटे बुत रात भर जगाते हैं,
सुख परीशां है गज़नवी की तरह।

बर्फ़ गिरती है मेरे चेहरे पर,
उसकी यादें हैं जनवरी की तरह।

वक़्त-सा है अनन्त इक चेहरा,
और मैं रेत की घड़ी की तरह।

८.

हर लम्हा ज़िन्दगी के पसीने से तंग हूँ,
मैं भी किसी क़मीज़ के कॉलर का रंग हूँ।

मोहरा सियासतों का, मेरा नाम आदमी,
मेरा वुजूद क्या है, ख़लाओं की जंग हूँ।

रिश्ते गुज़र रहे हैं लिये दिन में बत्तियाँ,
मैं बीसवीं सदी की अँधेरी सुरंग हूँ।

निकला हूँ इक नदी-सा समन्दर को ढूँढ़ने,
कुछ दूर कश्तियों के अभी संग-संग हूँ।

माँझा कोई यक़ीन के क़ाबिल नहीं रहा,
तनहाइयों के पेड़ से अटकी पतंग हूँ।

ये किसका दस्तख़त है, बताए कोई मुझे,
मैं अपना नाम लिख के अँगूठे-सा दंग हूँ।

8.

माँ के आँचल की दुआएँ खोईं,
घर से निकला तो दिशाएँ खोईं।

उलझे इस तरह लहू के रिश्ते,
एक ज़ोगी की जटाएँ खोईं।

मैंने खुद को न पलटकर देखा,
मुझमें मेरी ही सदाएँ खोईं।

रह गए लफ़्ज़ ख़ला में घुट कर,
आ के चोटी पे हवाएँ खोईं।

बन्द अपने में हुआ मैं ऐसे,
एक जंगल की गुफाएँ खोईं।

आए बाहर जो बदन के साए,
राजा-रानी की कथाएँ खोईं।

बात पहली-सी कहाँ दुनिया में,
चाँद ने अपनी कलाएँ खोईं।

9.

किसको मन के घाव दिखाएँ हाल सुनाएँ जी के,
इन्सानों से ज़्यादा अच्छे पत्थर किसी नदी के।

पूरी उम्र छुड़ाते गुज़रे, महाजनों से चेहरे,
बँधुआ मज़दूरों-से अब तो जीवन हुए सभी के।

हर कन्धे पर सौ-सौ चेहरे, गिनती क्या इक-दो की,
रावण से ज़्यादा ख़तरे हैं, इस मक्कार सदी के।

हैज़े, चेचक से मरती थी यारो, दुनिया पहले,
मोटर, बँगला, चमचे, कुर्सी, ये हैं रोग अभी के।

भूली-बिसरी यादों के ओ जोगी ! आते रहियो,
जी हल्का कर जाते तेरे फेरे कभी-कभी के।

10.

रंज इसका नहीं कि हम टूटे,
ये तो अच्छा हुआ भरम टूटे।

आई थी जिस हिसाब से आँधी,
उसको सोचो तो पेड़ कम टूटे।

कुर्सियों का नहीं कोई मज़हब,
दैर ढह जाए या हरम टूटे।

लोग चोटें तो पी गए लेकिन,
दर्द करते हुए रक़म, टूटे।

बाँध टूटा नदी का कुछ ऐसे,
जिस तरह से कोई क़सम टूटे।

एक अफ़वाह थे सभी रिश्ते,
टूटना तय था और हम टूटे।

शाइरी, इश्क़, भूख, ख़ुद्दारी,
उम्र भर हम तो हर क़दम टूटे।

ज़िन्दगी ! कंघियों में ढाल हमें,
तेरी ज़ुल्फ़ों का पेचो-ख़म टूटे।

तुझ पे मरते हैं ज़िन्दगी अब भी,
झूठ लिक्खें तो ये क़लम टूटे !

11.

पहाड़ों के क़दों की खाइयाँ हैं,
बुलन्दी पर बहुत नीचाइयाँ हैं।

है ऐसी तेज़ रफ़्तारी का आलम,
कि लोग अपनी ही ख़ुद परछाइयाँ हैं।

गले मिलिए तो कट जाती हैं जेबें,
बड़ी उथली यहाँ गहराइयाँ हैं।

हवा बिजली के पंखे बाँटते हैं,
मुलाज़िम झूठ की सच्चाइयाँ हैं।

बिके पानी समन्दर के किनारे,
हक़ीक़त पर्वतों की राइयाँ हैं।

गगन-छूते मकां भी, झोपड़े भी,
अजब इस शहर् की रानाइयाँ हैं।

दिलों की बात ओंठों तक न आए,
कसी यूँ गर्दनों पर टाइयाँ हैं।

नगर की बिल्डिंगें बाँहों की सूरत,
बशर टूटी हुई अँगड़ाइयाँ हैं।

ज़िधर देखो उधर पछुआ का जादू,
सलीबों पर चढ़ीं पुरवाइयाँ हैं।

नई तहज़ीब ने ये गुल खिलाये,
घरों से लापता अँगनाइयाँ हैं।

मुतास्सिर लोग यूँ हैं रोटियों से,
ख़यालों तक गईं गोलाइयाँ हैं।

यहाँ रद्दी में बिक जाते हैं शाइर,
गगन ने छोड़ दीं ऊँचाइयाँ हैं।

कथा हर ज़िन्दगी की द्रोपदी-सी,
बड़ी इज़्ज़त-भरी रुस्वाइयाँ हैं।

जो ग़ालिब आज होते तो समझते,
ग़ज़ल कहने में क्या कठिनाइयाँ हैं।

12.

उल्टे-सीधे गिरे पड़े हैं पेड़ !
रात तूफ़ान से लड़े हैं पेड़ !!

क्या ख़बर इन्तज़ार है किसका,
सालहा साल से खड़े हैं पेड़ !

कौन आया था, किससे बात हुई ?
आँसुओं की तरह झड़े हैं पेड़ !

जिस जगह हैं, न टस से मस होंगे,
कौन-सी बात पर अड़े हैं पेड़ ?

कोंपलें, फूल, पत्तियाँ देखो !
कौन कहता है ये, कड़े हैं पेड़ !

जीत कर कौन इस ज़मीं को गया,
परचमों की तरह गड़े हैं पेड़ !

अपनी दुनिया के लोग लगते हैं,
कुछ हैं छोटे तो कुछ बड़े हैं पेड़ !

उम्र भर रास्तों पे रहते हैं,
शाइरों पर सभी पड़े हैं पेड़ !

अपना मुखड़ा निहार ले मौसम,
आईनों की तरह जड़े हैं पेड़ !

13.

हर घर है ख़ाली पड़ा हुआ,
दिन नरभक्षी तेंदुआ हुआ।

जीते हैं लोग ज़िन्दगी यूँ,
जिस तरह पहाड़ा रटा हुआ।

इसके हाथों, उसके हाथों,
जो शख़्स मिला, वो बिका हुआ।

एहसास मरा सबका ऐसे,
चप्पल-जूतों का तला हुआ।

दिन-रात कट रहे यूँ जैसे,
रेकार्ड सौ दफ़ा बजा हुआ।

दाँतों के बीच दाँत तनहा,
ख़ालिस सोने में मढ़ा हुआ।

मेवाड़ ख़्वाब में फिर देखा,
इक ऊँट अनमना पड़ा हुआ।

इन्सान न भूला गुज़रे दिन,
चिड़ियाघर में ख़ुश बड़ा हुआ।

ग़म उल्टा कर पहनो जैसे
कॉलर क़मीज़ का फटा हुआ।

दीवार-तोड़ निकला पीपल,
घर में हंगामा बड़ा हुआ।

सतयुग में एक आदमी था,
कलियुग में वो देवता हुआ।

पत्थर तैरेगा पानी पर,
इक नाम अगर हो लिखा हुआ।

14.

इश्क़ की इन्तिहा है ख़ामोशी,
सौ नशों का नशा है ख़ामोशी।

कंघियाँ टूटती हैं शब्दों की,
साधुओं की जटा है ख़ामोशी।

सुब्ह पर्वत की एक मन्दिर है,
जिसमें इक प्रार्थना है ख़ामोशी।

देवियाँ आसपास रहती हैं,
आरती का दिया है ख़ामोशी।

जिसको छू ले वही पयम्बर हो,
आसमानी हवा है ख़ामोशी।

रागिनी से दिये जलाती है,
बैजुओं का गला है ख़ामोशी।

एक आवाज़ बन गई चेहरा,
कान का आईना है ख़ामोशी।

इश्क़ की कुण्डली में छुरियाँ हैं,
हर छुरी पर लिखा है ख़ामोशी।

दर्द के शह्र में मेरा घर है,
मेरे घर का पता है ख़ामोशी।

सब के सब पेड़ हो गए नंगे,
बर्फ़ का क़हक़हा है ख़ामोशी।

नैन भूले पलक झपकना भी,
सोच का कैमरा है ख़ामोशी।

भीगती रात की हथेली पर,
जैसे रंगे-हिना है ख़ामोशी।

इक तबस्सुम से पार हों सदियाँ,
गोया मोनालिज़ा है ख़ामोशी।

कौन किससे, कहाँ पे छूटा था,
हाय, किसकी सदा है ख़ामोशी ?

दोस्ती, प्यार, ख़ून के रिश्ते,
आँसुओं की कथा है ख़ामोशी।

रूह दे दी, बदन नहीं बख़्शा,
किस ख़ता की सज़ा है ख़ामोशी ?

घर की एक-एक चीज़ रोती है,
बेटियों की विदा है ख़ामोशी।

गुफ़्तगू के सिरे हैं हम दोनों,
बीच का फ़ासला है ख़ामोशी।

दे गई हर ज़ुबान इस्तीफ़ा
इस क़दर लबकुशा है ख़ामोशी।

लफ़्ज़ मत फेंक ग़म के दरिया में,
सबसे ऊँची दुआ है ख़ामोशी।

देवता सब नशे के आदी हैं,
और उनका नशा है ख़ामोशी।

बस्तियों की हर इक अदालत में,
इक रुका फ़ैसला है ख़ामोशी।

हर मुसाफ़िर का बस ख़ुदा हाफ़िज़,
डाकुओं का ज़िला है ख़ामोशी।

ख़ुद को सुनने का हौसला हो अगर,
आहटों की सदा है ख़ामोशी।

दोस्तो ! ख़ुद तलक पहुँचने का,
मुख़्तसर रास्ता है ख़ामोशी।

ढूँढ़ ली जिसने अपनी कस्तूरी,
उस हिरन की दिशा है ख़ामोशी।

हम तो क़ातिल हैं अपने ख़ुद साहब !
तीन सौ दो दफ़ा है ख़ामोशी।

लोग तस्वीर बन गए मर के,
ज़िन्दगी का सिला है ख़ामोशी।

थक के लौट आईं सारी भाषाएँ,
लापतों का पता है ख़ामोशी।

15.

दश्त की-सी है शामो-सहर ज़िन्दगी,
एक शाइर का हो जैसे घर ज़िन्दगी।

उम्र भर झोपड़ों को दिखाती रही,
रोज़ कश्मीर के पोस्टर ज़िन्दगी।

इक गुलामी से हम दूसरी में फँसे,
धोखा खाई हुई हर नज़र ज़िन्दगी।

हाथ को हाथ यारो सुझाई न दे,
चन्द जेबों में सिमटी सहर ज़िन्दगी।

धूप, वादे, वफ़ा, रोशनी, देवता,
हर खिलौने से उतरा कलर ज़िन्दगी।

सारे अल्फ़ाज़ सोने के निकले हिरन,
ख़्वाब, जन्नत, वतन, राहबर, ज़िन्दगी।

सालहा साल से है मेरे मुल्क में,
एक उड़ती हुई-सी ख़बर ज़िन्दगी।

छन्द से जैसे बाहर ग़ज़ल हो कोई,
रहगुज़र, रहगुज़र, रहगुज़र ज़िन्दगी।

सौ जगह से रफ़ू की गई शर्ट है,
क्या करे ले के कोई बशर ज़िन्दगी।

अपना ही घर है मैदान अब जंग का,
अपने ही ख़ून में तर-ब-तर ज़िन्दगी।

सौ दफ़ा आदमी को गिराए बिना,
टिकने देती नहीं पीठ पर ज़िन्दगी।

एक जंगल का आवारा घोड़ा सही,
ख़ूबसूरत है कितनी मगर ज़िन्दगी।

उससे करना नमस्ते हमारा ज़रा,
तुमको मिल जाये भूले से गर ज़िन्दगी।

16.

यूँ हदों से गुज़र गए रिश्ते,
रह गए लोग, मर गए रिश्ते।

रेत बाक़ी बची है रोने को,
मिस्ले-दरिया उतर गए रिश्ते।

रू-ब-रू आईनों के होते ही
अपनी शक्लों से डर गए रिश्ते।

लोग हाथों से यूँ गए अपने,
बीच रस्ते बिखर गए रिश्ते।

ले के कुछ दोस्तों की तस्वीरें,
आँसुओं के नगर गए रिश्ते।

हर सफ़र में मिले फ़क़त धोखे,
रहगुज़र-रहगुज़र गए रिश्ते।

धूप जब तक रही, रहा मेला,
फिर न जाने किधर गए रिश्ते।

सुब्ह के भूले, शाम-घर लौटे,
हमको हैरान कर गए रिश्ते।

जोगियों ने तो राह ली अपनी,
और अपनी डगर गए रिश्ते।

17.

आँसुओं में भीगा है हर लिबास नस्लों का,
कोई तो समझ पाता ग़म उदास नस्लों का।

कौन घाट उतरेंगी ये तो राम ही जानें,
दूर तक नहीं कोई ग़मशनास नस्लों का।

अपने दुख से छोटे हैं दुख तमाम दुनिया के,
मुख़्तसर न था इतना कैनवास नस्लों का।

ज़िन्दगी नहीं जैसे भूत कोई देखा है,
हाल क्या सुनाएँ हम बदहवास नस्लों का।

दर्द चन्द्रमुखियों के गेसुओं से लम्बा है,
ख़ुदकुशी मुक़द्दर है देवदास नस्लों का।

हर क़दम पे होते हैं क़त्ल जिस इलाक़े में,
अब वही इलाक़ा है सबसे ख़ास नस्लों का ?

बम, मिसाइलें, दहशत, नक़्ली सरहदें, वहशत,
अब इलाज है साहब, किसके पास नस्लों का।

गाय-बैल चरते हैं, रौंद कर निकलते हैं,
ये सदी इलाक़ा है घास-धास नस्लों का।

झाँकने कुएँ में भी आजकल नहीं आता,
बेवफ़ा कन्हैया है सूरदास नस्लों का।

18.

सुब्ह-सुब्ह इक रोज़ बुझा ऐसा सूरज,
बना ज़माने भर में इक क़िस्सा सूरज।

हुई नहीं तलवार म्यान के बाहर और,
आसमान के घोड़े से उतरा सूरज।

सुब्ह-शाम के चेहरे मिल कर एक हुए,
कुछ लम्हों को ऐसा फ़्यूज़ हुआ सूरज।

सुब्ह-सुब्ह ही पंछी अपने घर लौटे,
सुब्ह-सुब्ह चूल्हे का तवा हुआ सूरज।

धरती और चांद की सफ़ में आते ही,
अपना तो चेहरा ही खो बैठा सूरज।

कटा गहन के बट्टे में इतना ज़्यादा,
चूड़ी, चाँद, अँगूठी तक पहुँचा सूरज।

हर पल रंग बदलते अपने ही जैसा,
इस दुनिया के लोगों ने देखा सूरज।

पल-पल की तस्वीर खींचती है दुनिया,
अगर किसी पर बुरा वक़्त पड़ता सूरज !

पूजा, दान, दक्षिणा, दरिया में डुबकी,
तेरी ख़ातिर हमने सभी किया सूरज।

सच्चाई की ताब कौन ला सकता है,
किसने नंगी आँखों से देखा सूरज!

गहनाया हो लाख, मिला ले आँख कोई,
सूरज तो हर हालत में ठहरा सूरज।

हुई ज़मानत ज़ब्त अँधेरों की आख़िर,
इतने वोटों से आगे निकला सूरज।

गहन लगा इन दिनों आदमी को जैसा,
तुझको भी तो ऐसा कहाँ लगा सूरज!

साबुत रहा न कांधों पर कोई चेहरा,
यूं दहशतगर्दों के हाथ लगा सूरज।

आसमान बच गया सियासतदानों से,
देख के धरती को हँसता होगा सूरज।

हथियारों के पीछे पागल ये दुनिया,
इस पागलपन की है कोई दवा सूरज?

बरस रहा अँधियारा सौ-सौ शक्लों में,
इस दुनिया की ख़ातिर माँग दुआ सूरज!

19.

क़ैद इतने बरस रहा है ख़ून,
छूटने को तरस रहा है ख़ून।

गाँव में एक भी नहीं ओझा,
और लोगों को डस रहा है ख़ून।

सौ दुखों का सितार हर चेहरा,
तार पर तार कस रहा है ख़ून।

छतरियाँ तान लें जो पानी हो,
आस्माँ से बरस रहा है ख़ून।

प्यास से मर रही है ये दुनिया,
और पीने को बस, रहा है ख़ून।

20.

पूछो न यूँ कटा है, हर सुब्हो-शाम जंगल,
जंगल के दुश्मनों का अब भी, गुलाम जंगल।

सपनों के नाम वहशत, आँखों के नाम जंगल,
हमने शहादतों का पाया इनाम जंगल।

कटते ही ढूँढ़ लेता फ़ौरन मुक़ाम जंगल,
हर आदमी के अन्दर करता क़याम जंगल।

आपस में पेड़ लड़ते, सौ तरह से झगड़ते,
अपनी ही आग पहने रह-रह के आम जंगल।

हंगामे, ख़ौफ़, दहशत, सदमे, जुनून, नफ़रत,
यूँ अपनी कुर्सियों के लेता है दाम जंगल।

हर महँगी आस्तीं पे, मिलते लहू के छींटे,
करता है बस्तियों में चुपचाप काम जंगल।

मज़हब, ज़मीन, भाषा, इक मुस्तक़िल तमाशा,
अब खेल टोपियों का हर एक गाम जंगल।

जिस मोड़ पर पहुँच कर, भटके कुतुबनुमा भी,
उस मोड़ पर तो साहब, है सबसे श्याम जंगल !

भरती है डोम के घर सच्चाई अब भी पानी,
झूठों के हाथ आया इक इन्तज़ाम जंगल।

वादे, जुलूस, नारे, फिर-फिर वही नज़ारे,
जागीर है ठगों की कब से तमाम जंगल।

कम्प्यूटरों के बाहर औंधे पड़े हुए हैं,
अपनी शिनाख़्त, ग़ैरत, रोटी, अवाम, जंगल।

हर तन-बदन पुकारे, कोई तो धूप उतारे,
सूखा हर एक बादल, प्यासा तमाम जंगल।

धरती कोई भी ओढ़ें, अपनी जड़ें न छोड़ें,
करता है बस, उन्हीं को दिल से सलाम जंगल।

पहली दफ़ा तो संग में, सीता भी थीं, लखन भी,
अब के न कोई होगा, निकले जो राम जंगल।

आम आदमी की ख़ातिर, दिल्ली है दूर अब भी,
बरसों से है मुसलसल जंगल की शाम, जंगल।

अपने वतन के मिट्टी-पानी का मैं तो शाइर,
मेरी ज़ुबान दरिया, मेरा कलाम जंगल।

21.

रूह तक घूमता है सन्नाटा।
मुझमें क्या ढूँढ़ता है सन्नाटा ?

जैसे उजड़े मकान से सब्ज़ा,
मुझसे यूँ फूटता है सन्नाटा।

उम्र भर कच्ची रहगुज़ारों पर,
आहटें सूँघता है सन्नाटा।

ख़ोल से अपने मैं निकलता हूँ,
धान-सा कूटता है सन्नाटा।

एक दिन भीगता है मेले में,
साल भर सूखता है सन्नाटा।

सूखे पानी में मैं समाता हूँ,
बाँध-सा टूटता है सन्नाटा।

फीका पड़ता है जग का हर झूला,
मुझको जब झूलता है सन्नाटा।

ख़ुद को ख़ुद ही पुकार कर देखो,
किस क़दर गूँजता है सन्नाटा !

क्या करूँ ज़िन्दगी की चादर का,
रंग-सा छूटता है सन्नाटा।

शोर उठता है, जब किसी घर का,
रास्ता भूलता है सन्नाटा।

तोड़ पाए न सरफिरा कोई,
ऐसे बुत पूजता है सन्नाटा।

ख़त्म होते ही हर महाभारत,
ख़ैरियत पूछता है सन्नाटा।

जिस किसी की कथा हुई पूरी,
शंख-सा फूँकता है सन्नाटा।

22.

आँखों में पड़े छाले, छालों से बहा पानी,
इस दौर के सहरा में, ढूँढ़े न मिला पानी।

दुनिया ने कसौटी पे, ता उम्र कसा पानी,
बनवास से लौटा तो शोलों पे चला पानी।

पर्वत के ज़ुबाँ फूटी, इक शोर उठा, पानी !
मन्ज़र पे बना मन्ज़र, पानी पे गिरा पानी।

लोगों ने कभी ऐसा, देखा न सुना पानी,
पानी में बही बस्ती, बस्ती में बहा पानी।

सैलाब ने हर घर की तस्वीर बदल डाली,
रुकने को किसी घर में, पल भर न रुका पानी।

बन्दे से ख़ुदा बनते, देखा है उन्हें हमने,
जो लोग कराते हैं पानी से जुदा पानी।

मन्दिर हो कि मस्जिद हो, गिरजा हो कि गुरुद्वारा,
आज़ाद रहे जब तक, लगता है भला पानी।

फूलों से लगी लेने, अब काम बमों का भी,
इस दर्जा सियासत की, आँखों का मरा पानी।

बेआब न थे इतने हम दौरे-ग़ुलामी में,
बतलाए कोई जोशी, किस देश गया पानी।

देखा है जिन आँखों ने, इक जलते हुए वन को,
रहता है उन आँखों में, हर वक़्त हरा पानी।

हर सिम्त मुक़ाबिल थीं, बस धूप की तलवारें,
पर आख़िरी क़तरे तक, सहरा में लड़ा पानी।

जब प्यास अँधेरों के घर बैठ गई जा के,
जलते हैं दिये जैसे, सहरा में जला पानी।

उस पार हर इक युग में, महीवाल का डेरा था,
कच्चा था घड़ा जिसका, काटे न कटा पानी।

वीरान हम इतने थे, जंगल न कोई होगा,
इक शाम पहनने को, यादों ने बुना पानी।

हर लफ़्ज़ का मानी से, रिश्ता है बहुत गहरा,
हमने तो लिखा बादल और उसने पढ़ा पानी।

तन भी न बचा कोरा, मन भी न बचा कोरा,
इस बार के सावन में, क्या जम के गिरा पानी।

हम जब भी मिले उससे, हर बार हुए ताज़ा,
बहते हुए दरिया का, हर पल है नया पानी।

घर छोड़ के निकलें तो, निर्वाण मिले हमको,
कब धूप को पहने बिन, बनता है हवा पानी ?

इक मोम के चोले में, धागे का सफ़र दुनिया,
अपने ही गले लग के, रोने की सज़ा पानी।

जन्नत थी मगर हमको, झुक कर न उठाना थी,
काँधों पे रहा चेहरा, चेहरे पे रहा पानी।

हर एक सिकन्दर का, अन्जाम यही देखा,
मिट्टी में मिली मिट्टी, पानी में मिला पानी।

❑❑❑